明るい入院

-洋酒メーカー元社員のアル中闘病記-

井上眞理

明るい入院●目次

酒が人間をだめにするんじゃない。
酒は人間が「もともとダメ」だということを教えてくれるものだ。

立川談志

1　入院

入院した。

病院だから、もちろん病気治療だ。世は健康狂時代でおまけに高齢化、入院沙汰などめずらしいことではないけれど、これはアルコール中毒のおはなし。

二十世紀最後の年の晩秋霜月つまり十一月二十三日、港町の盛り場ちかい鄭心療内科クリニックに出頭した。呼び出されたわけではないから、自首ということになる。

「おお久しぶりやなぁ。まだ生きておったか」

「医者の挨拶ですか、そんなの」

「生きてくれておりさえすれば、こっちの出番もあるやろ。で、きょうはなんの用かね」

「センセイと話していると生きた心地がしないけれど、診察おねがいします」

「その気になったか、めでたいやないか」

医院の診療科目心療内科とは、アルコールや薬物、ギャンブルなど依存症をあつかっているところだ。じつはその十年前に二度ばかりここに来たのだが、説明を受けたのみで帰ってしまった。大酒を飲んでいて、このままではいかんという自覚はあったのだが、いざとなると怖気づいたというのが真相だ。いやだよ、アル中なんて。

意気地なしが度胸を決めるまでに十年かかったわけで、「まだ生きとったか」とは的確な表現だった。

この日は、質問票に書き込んで血液採取しておしまい。

はやくもよくじつ鄭先生から電話があった。

「診断は正真正銘アルコール依存症や。まちがいなしの太鼓判おしたるぞ」

いらんよ、太鼓判なんて。でも、くちは悪いけれど、いい先生なのだった。

街のうしろの山系の上に専門病院があってすぐに入院できること、治療期間は三カ月と教えられて、そのまま次の日に入院することに決まったのだ。

病院は戦前からある公立の精神病院、五百床ほどあるから大規模施設だ。ここに一九九六年アルコール依存症専門病棟が設けられた。港町の背後にある山塊中腹にある。ターミナルの盛り場から地下鉄一駅、山をくりぬいたトンネルを抜けるとそこは雪国、とはいかないが旧街道が走るひなびた田舎風景。駅をでると目の前の坂の上に威容をほこる建物が四棟そびえている。南斜面に建っていて秋晴れのひざしを浴びた姿はただのどかとみえるが、なにしろ精神病院だからなぁ、こちらの胸のなかには黒雲がわいてきて、ついトーマス・マンの『魔の山』を連想してしまうのだった。教養が裏目にでるなあ、果たしていかなる暗黒のドラマがあらわれるんだろうか、つい「ドナドナ」と口ずさんでさらにしおたれたのだった。

アルコール病棟に行って、まず事務手続きの書類に記入して入院規則の説明を受ける。厳守事項には、飲酒はできないとある。依存症治療だからあたりまえだが、もし入院期間中に酒を飲んだと発覚したら追放処分になり再入院は受け付けない。情容赦ないなあと思ったが、これぐらい言っておいてちょうどいいとのちにわかったのだった。懲りないからなあ、アル中諸君は。

持ち込み出来ないものがリストで並んでいる。

①酒類。これは当然だけれど、続けて奈良漬、粕漬、バービカンとある。いまならノンアルコールビールがだめということになる。歴戦の強者がそんなもんで酔うかてなもんだが、そうではなくてアルコールへの誘惑を掻き立てるだろうというのが禁止理由だ。なっとく。さらにアルコールの入ったチョコレートや菓子もだめ。

②にんにく、キムチ、ニッキ飴、仁丹など。食べたときに、匂いが酒と紛らわしいからだそうだ。

ふうん。

③刃物類。髭剃りも刃物式は交換刃のものもだめ、はさみ果物ナイフは詰所で借りる。

④トランプ、麻雀、花札類。ううむ、博奕はアル中治療には似合わないな。これもなっとく。

⑤さらに携帯電話のもちこみは不可、シャバとの縁を切れとの思し召しか、出家みたいだな。このぶんだとベルトもめしあげられるかと思ったが、これはお咎めなし。どうやら自殺はしないものらしい。

ひきつづきおんな看護師による試験があった。質問にこたえていくもので、まずきょうの日付と曜日、年号を西暦と元号で。つぎに、氏名住所電話番号を答えなければならない。

「この質問って、見当識がだいじょうぶか調べてるんですよね」

「よくしってますね」

「電話番号ってのは聞いたらだめでしょ、こういうばあい」

「そう聞くように決まってますけど」

「みな携帯電話もつようになったからねぇ」

「そんなこと関係ないんじゃないですか」

「じゃあ、きみんちの電話番号言って」

「・・・グ。ええと」

「ほれ、減点。短縮登録の一やろ」


もうひとつ覚えているのが、数字の質問。三桁の数字をつげられて、順番を逆にいう、四五八だと八五四とすぐに答えられたら合格で、うまく言えるとどんどん桁が増えていく仕掛けだ。快調に十桁まで制覇した。

「これ、あとどのくらい続けますかね」

「もうこれくらいで大丈夫ですけど」

「ふつうどのくらいできるもんでしょうね」

「三桁でいきなりつまずくひともいっぱいいますよ」

「いやアル中諸君でなく、ふつうならなん桁くらいいくかなぁ」

「それはひとによると思います」

「ふうん。じゃあ、四八六五九。さあ言って」

「・・・グ。ええと」


いかんいかん、これから三カ月お世話になるのに看護師さんをからかったりしてはさきが思いやられるときづいて、あとは殊勝に採血などすませて、あてがわれた部屋におさまった入院初日であった。

先に進むまえに、注釈をひとつ。さきほどから気軽に「アル中」と連発したが、新聞雑誌や報道番組でこの言葉が使われるのは見ない。おそらく不適切表現の一覧にはいっているものと思われる。いまは「アルコール依存症」が使われる。あるいは「アルコール症」だ。

アル中と聞くとふつうなにを連想するか、大酒飲みの酒乱で、自堕落、意志薄弱、落ちこぼれあたりだろうか。これだと自業自得としか言いようがない。そうではなくて、これは病気であって当人の意志ではどうにもならないというのが医学上の判断なのだ。病気なんだから治療がいる、自分のせいだなどというあつかいは、風邪をひくとお母さんから「精神がたるんでいるからよ。ズル休みはさせませんからね」と叱られた覚えのあるひとなら、理不尽さがわかってもらえるのではなかろうか。そういうわけで「アル中」はやめて、医学用語の「アルコール依存症」。

だいいち、かならずしも大酒のあげくとは限らない。患者のなかには「え、たったそれっぽっちで」というかたも混じっていた。飲む量ではない、おそらく遺伝子も関与しているに違いないと見られていて、浴びるほど飲んだあげくに依存症とは別に無事大往生となるかたもいる。

カスピ海沿岸の長寿国、なかでも長生きが多いことで有名な村にテレビクルーが取材にやってきた。当年とって百三歳の村長の家で、インタビューする。

「長生きの秘訣はあるんでしょうか、村長」

「べつに変わったことはしとらんよ。早寝早起きと畑仕事かな。酒もタバコもやらんのもいいのかな」

やっぱり、なるほどねと相槌をうっていたら、二階からおんなの嬌声や瓶の倒れるような音が響いてきてうるさい。

「どうかしましたか、二階は」

尋ねると村長が顔を曇らせた。

「困ったもんですよ、五つ上の兄貴でね。むかしから仕事もせんと、まいにち酒飲んでタバコふかして、若いおんなの子を連れ込んでは騒いでおる」


まあ、これはロシアジョークだけどね。

英語で「アル中」は「アルコホーリック」で、これは一般的に使える。よく映画で、あちらの断酒のための自助組織がでてくる。ニューヨークのビルの地下室に男女が集まって、パイプ椅子におのおの尻を落ち着けて、司会者に手を挙げて発言する。さいしょに自己紹介するとき、言いかたはみなおなじで「ハイ、アイム　エリザベス。アイアム　アン　アルコホーリック」、すなわち「わたしはアルコール中毒のエリザベスよ」というわけだ。このとき、アルコホーリックという語を使うのだ。

欧米でも用語によっては不適切な表現という規制はあるが、この語についてはあてはまらないようだ。あちらのほうが社会問題としてより大きいから、というのは理由になるのかどうか。はて。

2 試用期間

会社に入ったことのある人ならおなじみだろう。入社当初は試用社員という名の見習いの身分、ふつう三カ月つづくこれを試用期間と呼んで、この期間中は労働組合にも入れない。新米をよく観察する機会としてもうけられていて、とくだんの不祥事がなければ期間終了後に、はれて正社員となる。

アルコール病棟にも似た制度があって、入院してすぐ先輩アル中諸君のお仲間にはいれてもらえないのだ。つうじょう二週間、これを「閉鎖処遇」と呼んで鍵のかかる閉鎖病室をあてがわれる。名称をきいたとたんに逃げ腰になりそうになった。

じつはアルコール病棟自体が隔離式で、これはどういうことかというと病棟全体の扉は夕方から朝までは施錠されているのだ。出入りするには看護師さんに申し出て、解錠してもらわないといけない。これだけでもウブな新米患者は気が滅入るが、さらにその病棟のなかで別口に閉じこめられてしまうのか。世の中でほかにおなじ仕組みのところといえば、刑務所だろう。悪漢諸君が、ムショすなわち壁の向こう側に収容されて、その連中のなかでもひときわタチの悪いのが独房行き。

というわけで、入院当初は治癒への希望の光に溢れる日々かという希望的観測はのっけからうちくだかれて気分は犯罪者、いきなり暗澹たる気分で悄気てしまうのだった。

もちろんここは病院、刑務所ではないからこの処置には医学的理由がある。べつにそれまでのシャバでの悪業沙汰をこらしめてやろうということではない。いや、懲らしめるつもりもあるか、聞いてみてもいいが本心は白状しないだろうねぇ。

なんのための措置か、説明をきこう。

①解毒期間。身体からアルコールを完全に抜く。

②健康状態の把握。アルコール依存のほかにいろいろ問題を持っているのがふつうなので、綿密な検査をして身体状況を正確に把握する、必要なら治療をおこなう。

ここで注意があって、検査があるから間食禁止、面会人からの差し入れも断ること。え、そうなのか。ぎゃくにいうと閉鎖処遇から開放されたら、おやつのある生活になるのね。それに、この閉鎖処置期間中も面会にきてもらえるのね。暗澹たる気分に希望の灯がともるのだった、ちょっとだけだけどね。

説明が続いて、これはちょっと怖い。

③ひとにより離脱譫妄症状がでることがある。暴れたり怒鳴ったり、迷惑行為におよぶこともある。そのばあい、保護室に隔離する。

おお、それってまるで懲罰房じゃないか。やっぱりあくまでムショとおなじ仕組みなのだった。

離脱譫妄症状というのは、酒が切れるとアルコールびたしに調節されていた身体が酒無し状態に適応できなくなる。その結果あらわれるのは、不眠、動悸亢進、発汗、血圧高騰、目眩、震え、掻痒などなど。経験者によると「ほんとに死ぬと思った」とか。

酒呑みはおおかれすくなかれこういう話を知っているから、自他共に認める酒豪が手術入院することになったらいちばんの心配事は、麻酔が効かないこととこの離脱症状だ。先輩にも、見舞いにいくと手術を前にして

「癌はどうでもエエねん、切ったらしまいやろ。けど、離脱症状が出たらどうしょ」

と震えていたひとがおった。フランスのように幼いころから日常的にワインをたしなむ、アイルランドのように年中ウイスキーびたりも珍しくない、こういう国では、なんの問題も

なく生活していたひとがちょっとした病気で入院して、依存症が発覚することがよくあるらしい。離脱症状をおこしたわけね。

アイルランドの大酒家が医者に戒められたか奥方に懲らしめられたか、禁酒したら時日ならず頓死、飲み友だちの言うことには「だから、人間無理したらいかん」。てな笑い話を、快調に飲んでいたシャバでの日々には面白がっていたものだが、入院したら冗談ごとではなくなった。

さらに依存症特有なのが離脱に譫妄が伴うばあいがあることだ。意識が混濁するのにくわえて、幻覚、幻視、幻聴を生じる。患者が息荒げて足をどたどた踏みおろし続ける。

「どうしましたか」

「大名行列を踏み潰しとるんや、見てわからんか。こんどは足軽やぞ、ブチ」ドカドカゼイゼイ。

「大丈夫ですから、行列はほうっておきましょうね」と取り押さえにかかると、

「あーっ、殿様やっつけそこねたやないか、この」などと叫び暴れる。

こうなると、保護室行きになる。

さいわい離脱も譫妄も経験しなかったのだが、ちょっとだけざんねん、大名行列は見てみたかった気もする。念のためいうと、うちの国ではだれが決めたか伝統的にアル中は「豆粒の大名行列」をみることになっている。これが英米だと「ピンク・エレファント」、桃色の象を見るらしい。大きさはわからない、豆粒ならいいが実物大でこっちを見てウインクしたら怖いなぁ。

保護室とはどうなっているか、看護師詰所の背後に置かれていて、出入り口は横にあるが詰所からも小窓で中を見ることができる。内部には寝台ひとつと便器、扉には下部に食事を差し入れる小さい扉がついていて、つまり錯乱が収まるまで一歩も出してはもらえない。着衣はお仕着せの寝間着なので、こんどこそベルトもとりあげられる。

入院中にふたりだけ、ここにいれられた患者がいた。外にまでわめき声が漏れてきたのでそうらしいと分かったが、閉鎖措置から出てくることなく、姿を消した。その筋っぽい言葉遣いだったから、錯乱が治まっても粗暴な言動、行為がなおらなくて、入院継続できないということになったらしい。

「きっと消されたんやで」
「この病棟には裏の任務もあって、社会のゴミ掃除」
「地下には霊安室があるやろ、そのすぐ外が焼却炉やしな」
「あんたも気ィつけや、目ェつけられたらオシマイやで」

などと、医師看護師諸君の知らぬところで病院伝説が繰り広げられたのであった。

もうひとりは、さいしょの閉鎖処遇ではなく、入院の途中から保護室行きになった。いろいろ不審行動があったからだが、これはまた別の機会に触れることにする。

閉鎖処遇では、閉鎖病室のある一角が施錠されている。開けてくれるのは、朝昼晩の食事のときだけ。食堂では開放区画のほかの面々と席を同じくするが、食べ物をやったり貰ったりは禁じられている。いちいち意地悪だなあとおもうけれど、閉鎖措置の目的、健康状態把握のためなにを摂ったか情報管理するためだ。したがって、この期間は食事トレイに自分の名札があって、食後は名札ごと配膳車に戻す。そのさい食べ残しもそのままのせておく。これ見よがしかとおもってのちに確かめたら、ちゃんとチェックリストがあって記録している。疑ったりしてかんにん、入院当座は、僻みっぽく疑いっぽくなっているんだよ。

検査が頻繁にある以外、この二週間ほかにたいしたプログラムもなく、閉じこもった生活となるが、つよく勧められるのが酒にまつわる生活の振り返りだ。「わたしの酒物語」をあたまのなかで書いてみろ、これはけっこうきつい。だいたい、アル中はまず、自分はアル中なんかではない、問題もおこしていない、と見て見ぬ振りしていきてきた連中だからね。

説明では具体例も示されて

①酒を飲み始めてからいま入院にいたる問題行為を整理する。

②問題行為とは、朝酒・連続飲酒、無断・虚偽欠勤、失職、暴力行為、事故、仕事中の飲酒、別居・離婚など。

うわあさすが専門病院、テキはこっちをよく知っとるなあ、と感心している場合ではなかった。いずれこういうテーマで作文したりみなの前で発表させられたりすることになるのだった。

3　アルコール病棟のしくみ

アルコール病棟ってムショとどこか似ていると入院時に思ったものだが、そもそも社会に不都合な連中が収容される施設だからなあ、そういえばこんな暗合もある。

酒を飲む場所といえばバー、日本語ではウイスキーなど洋酒をもっぱらにするちょっと洒落た店のことだが、もとの英語ではバーは棒という意味だ。これがどうして飲み屋のことになるかというと、酒場にはカウンターがつきもので、その足元に金属の横棒がさしわたしてある。西部劇映画で、街の酒場にジョン・ウェイン扮する保安官が入ってくる、カウンターに居並ぶ悪漢どもに割って入ってバーボンを所望する、そのときにカウボーイブーツの足をこの横棒に置くだろう、これがバー。「アット・ザ・バー」、酒場のカウンターに身を置いて、ということになる。

店の外には、乗ってきた馬をつなぐ横棒があって、これもバー。また、法廷にも傍聴席や被告席に桟格子の仕切りがあるので、「ザ・バー」というと法曹界を意味する。

ほかに格子はどこにあるかいなと考えたら、刑務所だ。房の周囲とあらゆる窓に頑丈な鉄格子がある。英語で「ビハインド・バーズ」、格子の内側に、と言えばすなわちムショ暮らし。

バーズと複数なのは、鉄棒が何本もはまっているからね。バー巡りの果てにたどりついたアルコール病棟が、刑務所に似ているのも無理はない。

むかしはきっとアルコール病棟にも鉄格子がつきものだったに違いないが、現代の病院は清潔で明るく、陽光をふんだんにとりいれている大きな窓にもガラスがはまっている。

この病院は建物が東西南北、四つの棟で構成されている。アルコール病棟は北棟の二階にあって、全体五百床のうち四十床の小所帯だ。エレベーターを降りると病棟の扉があって施錠できるが、刑務所と違うのは昼間は鍵が開いていることだ。

「菰地先生、開けっ放しでだいじょうぶですか」

「昼間鍵がかかってないといっても看護師やみんなの目があるし、だいいち出かける時には行き先と用件を申し出る決まりだから、いいんじゃない」

「そうは言っても、人目がないのをたしかめてこそっと出てしまえるでしょ」

「うん、ときどきふらっと出かけたままいなくなるヤツはおるなぁ」

「うわ、やっぱり。逃げたらあかんじゃないですか」

「刑務所やないので、脱走するのに穴を掘ったり鉄格子を引っこ抜いたりする必要はないから、被害はないのでええでしょ」うへえ。

脱走者を草の根分けても探し出して捕まえるという刑務所と違って、こっちは逃げたらおしまい、ただし舞い戻ってきてもムショとは反対に再入院は認めない。

さて、病棟に入ると正面に看護師詰所がある。フロアは大きく分けて、常時鍵がかかっている閉鎖区画と開放区画にわかれる。閉鎖区画には、入院初期患者の病室と保護室という名の隔離病室がある。

フロアの大部分を占める開放区画は、四人部屋の一般病室が十部屋あって、そのほか共用施設がそなわっている。まず、医者用に病棟長室がある。食堂は、患者全員が朝昼晩きまった時間に食事するので広くとってある。浴場も、男女それぞれまとめてはいれる大きさだ。洗濯室には洗濯機四台、横に洗濯物を干す乾燥室もある。あとは、畳を十畳しいた休憩場所、卓と椅子置いた談話場所、面会室、寝具倉庫、手洗場。ようするに病棟全体に鍵がかかるだけのことはあって、ここから出なくても間に合うようにすべて揃っているわけだ。わ、やっぱりムショとおなじ、いやくどいなぁ。かんにん。

ここに患者が、二十五人から三十人がはいっている。入院は随時で、三カ月のお務めをぶじ全うすると退院、したがって人数はそのつど変動している。お医者は、治療責任者で病棟長の菰地先生、専門は心療内科で当時五十歳手前のベテラン。仕事柄聞き上手でもあるが、いささか皮肉っぽい物言いをする癖がある。もうひとり、内科の山内先生は三十代の若手で病棟長とバランスをとるように素直な性格。看護師団は、おとこ二名おんな四名で構成されていた。看護長の倉田は長身筋肉質で威圧的な口を利く、悪役向きだ。もう一人のおとこ看護師菊池はぶよっとしていて口下手、どうやらアル中の前歴がありそうだった。おんなチームは二十代と三十代、みな器量よしだとは患者連中共通の証言だが、シャバと隔離されたうえに気弱になっている面々の言うことだからね、どれだけあてになるか。

入院して四日目、籠の鳥の心境でふてくされていたら、鍵ががちゃりと開けられた。昼飯には早いしきょうの検査は終わっているのでなんだろうと思ったら、病棟長からの呼び出しだった。

「いかがですか、だいぶ慣れたでしょ」

「ご冗談を。鍵をかけられてそのまま、まだ四日やないですか」

「三日坊主は過ぎたから、もう逃がさへん」

「まさか、逃げませんよ。なんのご用でしょうか」

「うん、診断書を書きます。どうしますか」


患者にどうしますかと訊くなんてええ加減な先生やなあ、と思ったのはこっちの早とちりだった。

勤め人が三カ月も休むとなると、勤め先に診断書を出さなければならない。これで長期傷病休業ということになって、ただのズル休みじゃないぞ、賃金保障があるから欠かせない重要書類なのだ。ここに病名と治療を記入する、ところがありていに「アル中なので長期治療を要する」、いやいくらありていでも病院だからそうではない、「アルコール依存症」と書くとそれが原因で解雇される事例がいっぱいある。あからさまに「アル中はクビ」とはいえないが、辞めさせる手はなんぼでもある。そうでなくても、なにかと不利益な取りあつかいをされることになる。そこで、医は仁術嘘も方便ものは言いよう、なんとでも書いてあげよう、ということで「どうしましょう」となる。

「ははあ、世の中そんな無慈悲なものですか」

「キミらアル中は人間やないと思うてるからね、世の中は」

「そんな、にやにや嬉しそうにして言わんといてほしいなぁ」

「いや、ぼくらはそんなこと思うてへんよ。アル中いうても、半分くらいは人間やからね」

「うわあひどい、先生のほうが人でなしやないか」


標準的な申告内容を訊いたら、肝臓治療を建前にする。まんざらでたらめではないし、時間がかかる理由にもなる。

というわけで、アルコール依存症の治療は奥が深いのであった。

アルコール病棟平面図

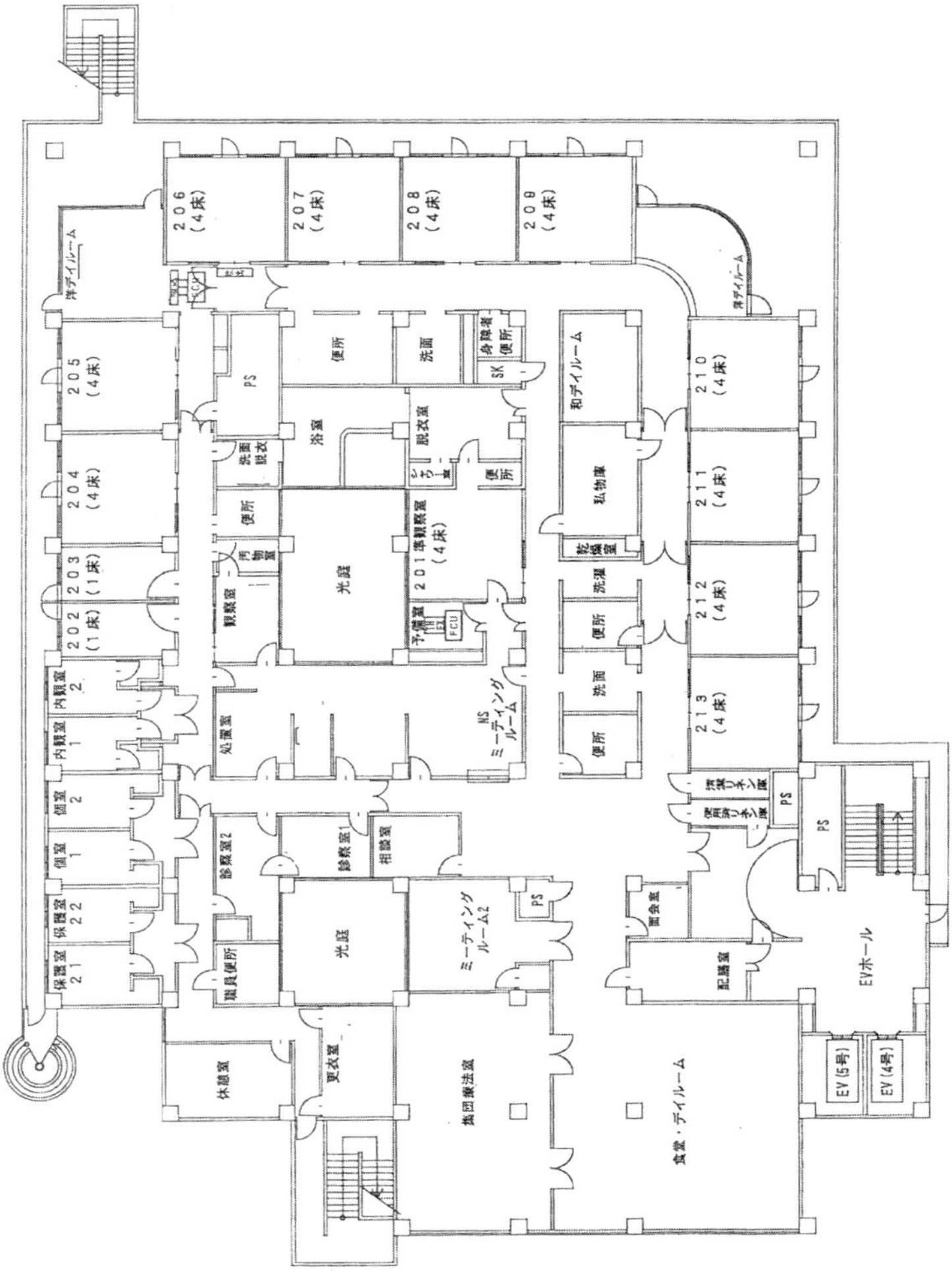

206（4床）
207（4床）
208（4床）
209（4床）
洋デイルーム
洋デイルーム
205（4床）
204（4床）
203（1床）
202（1床）
PS
便所
洗面
身障者便所
SK
和デイルーム
浴室
脱衣室
洗面脱衣
便所
私物庫
乾燥室
光庭
201準観察室（4床）
汚物室
観察室
予備室
FCU
洗濯
便所
洗面
便所
210（4床）
211（4床）
212（4床）
213（4床）
NS
ミーティングルーム
処置室
内観室2
内観室1
個室2
個室1
保護室22
保護室21
清潔リネン庫
使用済リネン庫
PS
PS
診察室2
診察室1
相談室
光庭
ミーティングルーム2
PS
面会室
職員便所
記録室
EVホール
休憩室
更衣室
集団療法室
食堂・デイルーム
EV（5号）
EV（4号）

4　診断書

会社に出す診断書の書き方をどうするか。じつは、勤め先がアルコールメーカーでよく知られた企業、だから酒飲みはどっさりまわりにいて武勇伝には事欠かない。部署の先輩から、どこそこの支店長やこれこれの部長には朝のうちは電話するなと教わって、これがどうしてかというと「午前中は二日酔いで機嫌わるい」。しかしどうしても至急に連絡する必要ができて、やむなく朝いちばんおそるおそるダイヤルをまわした。

「もしもし、おは・・・・・・・・」

「(チャ)・・・・・・・ウー・・・・・・(ガチャガチャガチャガチャ)」

うわあ、出るなり手を滑らして受話器を落っことした。二日酔いで手が震えているのだろうか。

ほかにも、昼飯は同僚がこない蕎麦屋にこっそり行ってまいにちビール大瓶を飲んでいるやつがいたし、定年退職したとたんあっさりはかなくなるのが何人もいた。ところがこれまで、社内では「アルコール依存症治療で休業」という例はきいたことがなかった。おらぬはずはないが「肝臓治療」だったわけね、なるほど。

さてわがことになるとどうしたものか、しばし考えたが、えいやそのまま書いてもらうことにした。菰地先生は「えっ」と意外な顔をしたが、こっちの勤め先を知っていたのでよけい驚いたようだ。そもそもアル中が自発的に入院してくることはまずない、おおかたは家族にうまく言いくるめられてやってくる、入院してから「騙された」と憤慨やるかたないやつが多い。あるいは、職場などで倒れて担ぎ込まれた先の医者がさいわい依存症を疑って、知らぬまに専門病院に送り込まれる。なのにこっちは自首してきたものだから、会社が会社だし、「これはスパイじゃないか」と疑っていたらしい。

べつに正直がいちばんという信条があるわけではない、こっちはこっちの計算があったのだ。社内にはだいぶまえからARP、アルコール関連問題担当部署というのが設けられている。適正飲酒の広報活動を担当していて、つまり酒とのただしいつきあい方を世に広めるのが仕事、「企業の社会貢献」がいわれるなかで、酒造会社ならでの取り組みだ。そんな中で社員がアルコール依存症の治療を受けているのは体面が悪くないか、とは素人考え、依存症は医学的にれっきとした病気なのだ。病気治療を受けている社員を、それを理由にした解雇はおよそ認められるはずはない、不利益な取りあつかいもできっこない。まして酒の会社がアルコール依存症を材料にできないだろう、会社の体面なんかよりそっちのほうが大問題にされるぞ、との読みがあった。

「そのまま書いてもらってかまいません。アル中で」

「これ、アル中いうたらあかん、依存症ね。でもだいじょうぶかねえ。クビにされないまでも、外聞がわるいといじめられるんじゃないかね」

「万が一いじめられたりクビになったりしたら、それはそれで、ネタにして書きまくれる。退職金がわりになって食いっぱぐれなしですよ。いじめられてナンボ、書く材料が仕込めるというもんですよ」

「悪質やねえ、それ」

「半分しか人間やないですもんねェ、うへへ」

社内カミングアウト第一号の栄誉を担うのもわるくないし、もし裏目にころんでも損はしないはず。というわけで、提出する診断書にはめでたく「アルコール依存症治療で三カ月を要する」の文字が書き込まれたのだった。

後日、病院に人事部長が面会に来てくれた。新入社員時代の先輩なので、気易い仲。


「よくぬけぬけとアル中での診断書なんか出してくるもんだ」

「アル中と言うたらだめ、言うならアルコール依存症」

「どっちでも同じことだろ。びっくりしたぞ」

「人間正直がいちばん。ほんとのことを言ってクビになっても本望やねン」

「その手にのるか、アホらしい」


なんだ、バレていたか。終身食扶持確保計画はあえなく一蹴されてしまったのだ、ざんねん。


入院の顛末はひとそれぞれだが、平均的な依存症患者のなりゆきはこんな具合だ。

自他共に認める呑兵衛は二十代三十代を通じて快調に飲み倒している、不惑に掛かるころから酒が次の日にひどく残るようになるが飲むととまらない、無理をおし隠しつつしのいでいたが、ある日職場で倒れてしまう。過労だろうと病院に担ぎ込まれて、検査したら肝臓の数値が跳ね上がっていて、肝機能状態をあらわすガンマＧＴＰは、三千などとどほうもない値になっている。健康なら四十以下、飲み過ぎや過労状態だと三桁になることもあるが、桁違いの四桁だともうぶっ倒れるしかない。

診断は「肝機能がきわめて弱っている、そくざに入院が必要」とあいなって、しかし肝臓の専門医といってもじつはアルコール症にくわしい医者はおもいのほか少ないから、アル中だとはめったにバレない。知られるように肝臓はことのほか丈夫な臓器なので、療養すればほどなく良くなって退院。「飲みかたには気をつけるように」くらいの注意は受けるが、それで懲りるようなタマではない、出迎えにきたみんなとその足で出所祝いの宴会で「乾杯」となる。飲めや歌えに復帰するが、飲みかたをコントロールできないのが依存症の依存症たるゆえんなので、一、二年もすると再入院。このたびもなんとか修復あいなって退院すれば、また快気祝いが待っている。これを繰り返すうちにその間隔が短くなってきて、医者からは、肝硬変の進行いちじるしい「これいじょう飲んだら命の保証はできかねる」と申し渡される。ことここにいたってもやめられないから、五十の声を聞くか聞かずでついにこの世からおさらば、というのが通例である。

まれにこれは手に負えないとみた医者が、患者を心療内科すなわちアルコール問題の専門医によこすことがある。あるいは、酒乱に手を焼いた家族が困り果てるうちに、調べると依存症専門病院があるのを知って、うまく言いくるめてそこに連れてくる。患者のがわから言わせれば、「気づいたら知らぬまに入れられていた、騙されてきてしまった、じぶんはこんなところに来ないといけない人間じゃない」ということになる。

わが国の患者数は推計二百五十万人、いや予備軍もいれると四百万人はいるだろうともいわれる。それにたいして専門病院の病床数は二万床ていど。だから入院治療を受けるのは、一握りとさえ言えない超少数派。「おお、選りすぐりのエリートじゃないか」などと自慢できるわけはないけれどさ。こういう現状だから、わざわざ自首してきたにもかかわらず、スパイの嫌疑をかけられるのもむりはなかったのだった。

入院して、決められた三カ月の課程を終えるまでにも、途中で姿をくらますやつ、隠れて飲んだのがバレて追放されるやつも跡をたたない。まあそういう脱落組は少数で、おおかたはぶじ退院にこぎつける。ところがこれでめでたしとはならないのが、この病気の厄介なところだ。もし、「こんどこそだいじょうぶ」とばかり飲酒再開したらさいご、もとの見境ない飲みかたに戻るのにたいして時間はかからない。そうならない対処策はただひとつ、「飲まない」に尽きる。

欧米で、退院後の追跡調査を何十万人にもついておこなっていて、一年後に飲んでいるかいないかを調べている。ときどき友だち相手にこの話をしてクイズで聞いてみる。

「どのくらい飲まずに、一年続いていると思うか」

「続けるのはそう簡単じゃないでしょう。飲んでいないのは、半分くらいしかいないんじゃないかな」

平均的な見積もりはこの程度だが、なんのなんの。一年後にも飲んでいないのは十八パーセント。あとの八割を越す連中は、ふたたび「酒とバラの日々」、バラが葬式の供花にかわるのもそう遠くはない。

治療の成果があがったといえるのは二割弱、これをどう見るか。医者のがわの評価はあえて訊かないが、患者のがわからすると「まんざらでもない」といえないだろうか。まだこの病気の原因はじつはわかっていない、発症のメカニズムも解明されていない、だから完治させるような薬は開発されていないし手術もできない。といって、むかしはさておき一生閉じ込めて置くわけにもいかない。シャバに戻れば飲酒の誘惑はそこらじゅうにころがっている。

そういう状況で退院後一年たっても飲まないで踏みとどまっている人間が二割ほどいるのだ。

これは「希望の数値」ではなかろうかと思うのだが、どうだろう。

5　閉鎖区画暮らし

閉鎖区画での二週間は、それなりにやることがある。まず朝昼晩きまった時間に三食とるのだが、だいたいアル中はみな食べることをおろそかにしてきたから、ちゃんと食事するだけのことが大進歩だ。このときは区画の鍵を開けてもらい、よろよろと食堂にいく。入院して気が緩んだせいだろう、足元がおぼつかないのだ。食堂では先輩患者のみなさんが思い思いにグループを作って食べているが、どこかにまぜてもらう気になれない。自分のことを棚に上げて「おそろしそうなやつばっかりや」と見える。それに、自首してきたとうそぶいているわりには内心に抵抗の塊があって、ここにいること、この連中とお仲間であるという境遇に納得できていないのだ。「いややなあ、アル中と一緒にされて」。これはみな同じで、乗り越えるのにさいていい二週間かかる、というわけで閉鎖区画生活がある。

健康状況把握のため、健康診断がある。検査項目は、勤め先でのものと同じでとくに変わったものはない。結果は聞かせてもらうまでもなく、肝臓関係は惨憺たる数字が並ぶ、血圧中性脂肪コレステロール尿酸値などのきなみ芳しくないが、このままここで治療をつづけることができる範囲だった。あまりに健康状態がひどいばあいや癌などの重病がみつかったばあいは、そちらの治療を優先してべつの病院におくられることがある。

体力測定もある。病院のなかにある体育館で、飛んだり跳ねたり曲げたり伸ばしたりして記録をとる。他人事ではないけれど、アル中諸君はおしなべて笑ってしまうほど体力が衰えている。とくべつどこが弱いというより、全身ぜんぶがだめというのが特徴だろう、とにかくへろへろ。

そのため、体力回復のプログラムがある。依存症治療の先端をきっている国立久里浜病院ではじめられたもので、あちらでは海岸の砂浜をザクザクとあるく。「行軍」と呼んでいるという。こっちは山麓にある施設という地理条件なので、山登りをする。山をくだれば地下鉄一駅でわが国有数の港町にでるハイカラな土地柄だから、呼び名も「トレッキング」だ。入院期間中まいしゅう一回あって、入院したてはとても無理だから一週目は免除、二週目にはじめて参加できるが看護師ひとりが付き添いのうえ。獣道なみの経路で標高差三百メートルをほぼまっすぐに登っていく、崖のうえをつかまり立ちで横伝いする難所もあって、足や手を滑らせるとただではすまない。

体育館横の広場に集合して、裏山に入っていく。顔ぶれを眺めわたすと、なよなよしたおんなの患者ふたり、見るからにひ弱そうな爺さまいくたりかおるな、これならついていけるかとおもったが甘かった。五分もしないうちに置いていかれて、しんがりの後ろ姿も見えない。あとはひたすらよちよちよろよろ足を進めて、とちゅう二、三度もうやめるかきかれる。意地をはって続けていたが、十五分くらい経過したところで足があがらなくなってきた。

付き添いの看護長倉田がニヤニヤしている。

「これ以上はもう無理やろ」

「なんのこれしき、ここでくじけたら大和男子の名折れ。ちょっと小休止ちょうだい」ゼイゼイ

「またか、もうなんども小休止してるやないか。こっからさきもっと危ない崖があるし、とても渡られへんで」

「ううむ、事故を起こしてはみなさんに迷惑がかかるな。じゃあ、負けといたる。名誉ある撤退することにします」

「それ言うなら『三十六計逃げるに如かず』ちゃうやろか」

クッソウ。

あと曜日ごとに各種プログラムがあって、土曜日日曜日祝日は休みだ。といっても入院したてでどこにも行くわけにいかない。こういうこともあるだろうと準備怠りなく、文庫本を一箱百冊持ち込んだ。検査やプログラムがまいにちあるといっても午前か午後だけ、おまけに週休二日、それになんといっても酒を飲まないから読書時間は無限にある。いちにち五冊の見当で消化して、閉鎖期間中に五十冊強をやっつけた。軽めの小説ばかりなのでたくさん読んでも自慢にならない、病気治療期間に重たいものはむかないだろうと判断したのだが、気の散らない時間がこんなにあるのなら、勉強になるものにしておくのだった。語学ひとつぐらいは身につけられたかもしれない、あと知恵だけど。

だいたい物心ついて以来の読書癖で、いちねん単行本だけで五百冊読んでいた。雑誌や仕事の資料はこれとはべつ。大酒人生まっさかりのあいだもこの分量は変わらなかった、いつ読んでいるのか聞かれることもよくあったが、はてねぇ。活字中毒で、呼吸とどうよう自然な行為だから、いつのまにか読了した書物が増殖しているとしか思えない。アルコール中毒にも負けない活字中毒、恐るべし。

どこで見ていたのか、先輩諸君のあいだではこの本の山が評判になっていたらしい。

「こんどはいってきたやつ、ダンボールいっぱい本を運び込んでるな」
「難しい顔して本ばっかり読んどるデ。インテリでも、アル中になるんやねぇ」
「酒はまたべつですからね。わたしだって一流会社の経営者ですが、家族に騙されたとはいえ入院させせられておる」
「シャチョーは接待費のつかいすぎやろ」

変なやつだが勉強できそうと見込まれたので、のちに開放区画にはいってから、その評判が役立つことになったのだった。

薬は、いろいろ出してくれて、まず毎食後には三種類。ビタメジンは、ビタミンB群で神経薬、痺れ痛み麻痺などを改善する。ワッサーVは、総合ビタミン薬で例外なく栄養失調の患者には必須だ。セルベックスは、荒れた胃粘膜用。

ほかに入院当初はみな不安や緊張にさいなまれる、睡眠障害にも苦しむ、というわけでセルシンという神経薬や睡眠薬をもらえる。要りますかと訊かれて、みながもらうんだから効果あるにちがいないと思って処方してもらった。しかし試しに三日後に飲まないでいたら、なんのことはない、安らかに眠れることがわかったので、服用をやめた。要らないと看護師に申し出たらけげんな顔をされた、さいしょから安眠できるというのは珍しかったらしい。これもスパイ疑惑を補強していたんじゃなかろうか、油断ならんなぁ。

これぞアル中という薬が、ノックビンだ。これはぜんいん毎朝食後に飲む。アルコール依存症といえばこの薬と決まっているが、じつは治療薬ではない。これを飲んだからといって、依存症のなにかが良くなるものではないのだ。どういう薬かというと、これが効いているあいだに酒を飲むと、酷い目にあう。尋常でない頭痛、吐き気、めまい、冷や汗が襲い、血圧低下、動悸亢進、悪心、呼吸困難におちいる。この症状、酒飲み諸君にはおなじみではないだろうか、そう二日酔い。ただし、この薬が引き起こすのは、深酒の挙句の二日酔いの何倍も強烈な苦しみらしい。しかも、酒はちょっとだけでこうなる。

何十年前には、これを治療法として用いていた。患者にノックビンを飲ませておいて、おもむろに目の前に酒を出す。昔のことだし病院だから、ウイスキーや燗酒なんかじゃなかったろう、たぶん茶碗酒。出されて断る酒飲みはいないから、ぐびぐび飲み干す。しばらくすると、二日酔いの親玉があらわれて、七転八倒で塗炭の苦しみをあじわうという仕掛けだ。

「うわあ、死ぬかと思った」

「ときどき効きすぎて心臓が止まったりするから、分量は人によって加減してます」

「危ないなあ、命がけやないか」

「大酒だって命がけでしょ。あと、この処置を二、三回すればちゃんと断酒できますよ」

「ひどいなあ。ほんとに治るんやろね」

「動物実験でちゃんと効果を確かめてありますから、安心して」


有名な「パブロフの犬」という実験があって、犬にベルを鳴らしてから餌を与える、そうするとそのうちベルの音を聞かせただけでよだれを出すようになる。条件反射を人為的に作り出せるというものだ。これを応用して、「酒を飲む」、「酷い目にあう」、「酒はみたくもなくなる」、こうなるに違いないと編み出された治療法だろう。

実験動物のラットではうまくいったのだろうが、人間相手ではそうは問屋がおろさなかった。それはそうだろう、ノックビンを飲まなければいいんだから。というわけで、いまは飲酒再開しないよう禁酒を助ける薬として、欠かさず飲むことになっている。これを常用しているかぎり、アルコール御法度という自覚を絶やさないようにできるのだ。治療薬ではないというのはこういうわけだ、つまり飲もうという動機を抑え込む心理作用を期待するもの。

おなじ効能があるものにもう一種、シアナマイドがあって、いずれも抗酒薬と呼ぶ。

これらの薬物が発見された経緯が面白い。シアナマイドは、二十世紀はじめころ、肥料工場の従業員が酒に弱くなることがわかった。これはどうしたことかと、調べたけっか肥料に含まれる成分が二日酔いを増幅させることが判明した。ノックビンのほうは、二十世紀なかごろ、タイヤ工場でおなじ状況があって、その成分が特定された。酒を浴びるごとくにたいらげてナンボの工場労働者諸君なのに一人ならず飲めなくなったんだから、さぞや目立っただろう。

閉鎖期間中は、薬は看護師詰所で管理されていて、まいど出向いてはそこで服用する。ノックビンだけは、毎朝食後に病室で看護師にひとりひとり確認されつつ飲む。ちゃんと飲んだか確認を受けてから部屋にもどるので、いちいちアル中気分になるのではあった。コンプライアンスといって、この英語はそもそも決め事をちゃんと守るという意味で、医薬品の服用規則もコンプライアンスという。いま会社などで法令遵守をコンプライアンスというが違反事例が後を絶たない、アル中病棟を見習ってもらいたいものだ。

6　開放区画デビュー

入院から二週間、まいにち三食をきちんと摂って早寝早起きする。それだけで肝臓の検査数値はみるみる改善して、入院前から入院時に二百を超えていたガンマＧＴＰも四十に下がった。これは、健康人の値なのだ。反対にいうと、それまではどれだけでたらめな食事睡眠習慣だったたか、言われなくてもわかってはいたが、こんなに顕著に効果があらわれるとは思わなかった。

体力がこれにあわせて、回復してきた。食うや食わずでの体力低下がまねく現象は三つあるようだ。ひとつは体重減少、つまり痩せるということ。ほんらいあるべき体重がどのくらいかというと、日野原重明先生のおっしゃるには「難しく考えなくてもよい。二十歳のころ健康だったら、その体重をずっと保っていればだいじょうぶ」ということで、これにしたがえば六十キログラムてまえのはずだが、入院前には五十キログラムを切っていた。

ある日、歩いていると足裏が痛いのに気づいた。砂利道にさしかかると革靴を履いているのに、ゴツゴツといいしの角がぶつかるのがわかる。足の骨にあたるので痛いのだ。風呂に入ったときにたしかめると、足の裏の肉が薄くなっている。これは新発見だったぜ。いまわかいおんなが痩せたがっていて、なかに太腿まで削げたようなはなはだ美的でないありさまのがおるが、あそこまでいくときっと足の裏も薄くなっているに違いない。歩き方がヨチヨチしていたら、そのくちだろう。

二つ目は、筋力低下だ。椅子に座って資料を作ったり電話やメールで連絡したりの事務仕事だったので、この面ではさほど障害にはならない。しかし、これとあわせて、三つ目の現象で平衡感覚が心許なくなった。平坦なところをまっすぐ歩いていても、ついよろける。身体の平衡を失うと、健常状態なら踏ん張ればべつじょうない。ところが、脚や体幹の筋肉が衰えていると、持ちこたえられなくなってかんたんに転ぶ。危ないのは階段を降りているときで、なにかのはずみで身体が傾いたら、足腰ではもたないから、手すりが命綱になる。事実なんどか転落に瀕してかろうじて手すりで踏みとどまった。しかも握力腕力が貧弱になっているから、ぐいと引き寄せて立ち直るところまでもっていけない。かろうじて手すりをつかんで、ぺちゃんとへたりこむことで、落下にいたらないというじつに情けないていたらくだ。

中島らもさんが酩酊して食べ物屋の階段から転落して、打ちどころ悪く亡くなった。二〇〇四年、場所は神戸、享年五十二。二十年ほど遡ると、売れっ子作家でさいしょに推理小説の女王と謳われた小泉喜美子さんやはり酒場の階段から足を踏み外して事故死。一九八五年末、場所は新宿、享年五十一。いずれも名のある作家だったから事故が世に知られることになったが、おそらくアル中の死亡原因の上位に転落事故が入っているはずだと睨んでいるがどうだろう。だいたいが飲み屋のある建物の階段はいやに急なことが多いので、酔って落っこちるにはあつらえ向きにできている。転落して死んでも、ただ事故として処理されるだけだから、アル中の死因統計を取るよしもないのだが。

おなじ伝で交通事故死も多そうだ。もう三十年前にもなるが、新進気鋭の上方落語家林家小染が大酒飲んだあげくに「トラックと相撲取る」と道に飛び出して、言葉どおりトラックとぶつかった。勝負はいわずもがな噺家の負けで事故死。一九八四年、場所は大阪の箕面、享年三十六。酒の上の狼藉逸話に事欠かず、昼の仕事で酒臭かったとの証言があるから、依存症の疑いまぬかれぬ。有名人でなければ、酔っぱらいの交通事故死がいちいち報道されたりはしないので調べようもないけれど多いだろうな、自動車に相撲で負けたやつはそういないだろうけれど。

こっちは入院当初、食堂まで十数メートルばかり歩くのに手すりに頼っていたものだから、看護長の倉田に毎食の往き帰りにあざわらわれる始末。

「手すり、ちゃんともってるか」
「うるさい、エスカレーターじゃあるまいし、いらんわいそんなもん」
「ほれ、言うてる先からつまずいとるやないか。平地やのに器用やのう」

それも数日を経ずバリアフリー設備から解放、つまりつかまらないで往来できるまでに回復した。ただの比喩ではなかったんだ、大手振ってというのは。ぶんぶん。

入院二週間で十五日目、その日のプログラムを午前中済ませて、昼飯のあと檻から出て、開放区画に移ってよいと告げられた。会社の試用期間終了なら、はれて正社員であるとの辞令発令なのだが、ここではあっさり口頭連絡のみで、看護師でなく医者から伝えられる分だけささやかながら公式なあつかいらしさがあるくらいか。

開放区画になると、これまでの個室ではなく四人部屋だ。これが思っていたよりずっと広い。寝台を四つ横に並べたら、人ひとり通れるくらいの間隔でいっぱいかと想像していたが、じっさいは部屋の四方に一つずつ置いて、たがいに二メートルほどは離れている。寝台を囲む垂れ幕もついていたが、なくても大丈夫な距離がとってある。大丈夫という意味は、文化人類学の理論で社会的距離というものがあって、くだいて言えば人は一定の幅より内側に入ってこられると、プライバシーを侵害されたと感じる。なので、相部屋でじゅうぶんな間隔をあけられないときは、垂れ幕の目隠しがないと、落ち着かないことになるのだ。

アル中病棟で空間を贅沢に使っているわけは教えてくれなかったが、ひがみっぽかったり容易に被害意識をかきたてられる連中、好んでいざこざの多い人生をおくってきた面々ばっかりだから、もめごと防止に不可欠なのかもしれない。

あてがわれた部屋には、すでに先輩患者が三人おられた。おたがい食堂などで顔は見知っているから転居挨拶をあらたまっておこなうことはなく、氏名の名乗りをあげるくらいで新参の儀式は終わったのだった。

入り口に近い側をあてがわれたが、その左隣の奥方向であたまを並べる側にいたのが、「殿」。ひと回り以上年上、贅肉の存在が感じられない筋肉質、しゃがれ声でそのわけはいずれわかるが、喋り方も話す内容も簡潔にして明晰。眼光が鋭いから、さほど長身というわけではないにもかかわらず、威圧感があった。訊くまでもなくこの部屋の親分と見てとったが、まもなく病棟全体でもそうだとわかった。すなわち、「牢名主」。そんな人と同室だとは、これはついていると思ったのはこっちの話だが、これがまさしく正解だったのだ。

足元方向にふたり、左斜め奥が太田さんで同い年くらいの小肥りおとこ。県下の山間部で農家を営んでいる。顔色がくすんでいて、肝臓の状態がよくないんだろう、動作に元気がない。

足の裏が向かい合う方向にいたのが田中さんで、大手ガラス会社の工員として定年まで勤め上げたという。自宅は大阪にちかい街だから、コテコテ大阪弁で阪神タイガースファンとは聞くまでもない。テレビのある居酒屋で野球中継、いや阪神戦を見ながら歓声あげたり、飲み仲間で監督の采配にいちゃもんつけたりしておったにちがいない。贔屓球団別のアル中比率は、だれも調べたことはないはずだが、タイガースファンの間で高そうだ。理由は、一喜一憂のあげくに落胆する度合いが他よりも高いからというものだが、どうだろうね。

みなさん、こちらより先に入院しているので退院もさきになるが、とうめんこの四人組での入院生活が続くことになったのだった。

7　アルコール病棟の一日

病棟の起床は朝六時ちょうど。アルコール患者は睡眠障害に悩まされることが多くて、そういうばあいは睡眠導入剤を処方してもらっている。起床のチャイムが鳴ってもぐずぐずして起き出さないので、看護師がまいあさ病室を起こして回っている。こっちは合図の放送がある前に眼が覚めるので、看護師が来たときにはもう着替えも洗面も済ましていた。シャバでは、酒飲みのご多聞にもれず朝起きが悪かったのに、不思議なもんだ。寝起きのいい仲間にきいてみた。

「殿、病院だと早起きがつらくないのはどうしてでしょうねぇ」

「なにをいっておりますか、わしはうちにいたときから六時前には目が覚める。オートバイを飛ばして海を見にいって、起床儀式完了であります」

「うわ、それはまいあさですよね」

「春夏秋冬、雨でも雪でも台風でも、これは変えることはない」

なるほどもののふは「常在戦場」だった。訊く相手をまちがったな、無礼つかまつった。じゃあ勤め人なら、こっちとおなじだろう。


「田中さんは、会社に行っていたとき、朝はどうでした」

「間に合うぎりぎりまで布団にしがみついとったねぇ。おきられへんかったね」

「病院でちゃんとおきてしまえるの、なんででしょうね」

「そやなあ、うちやとオバはんが怖い顔しよるけど、ここやとかわいいオネエチャンが見にきよるからなあ。梨香ちゃんに、寝起きの不機嫌な顔できへんし」

「斎藤看護師だといけませんか」

「あれはうちのオバはんよりこわいワ。あ、ナイショやで、これ」

「まじめな話、なにが違いますかね」

「ううん、ようわからへんけどな、二日酔いがないのが大きいん違いますか。ゆうべの酒が残っていたら、目ェあけるどころやないからねぇ」


起きたら朝食が待っている。七時に食堂にいくと、階下の厨房から配膳車がきていて、行列をつくってセルフサービスでトレイを取り出す。食卓について、患者仲間で喋りながらたべるやつ、ひとり背中を向けて孤独を求めるやつ、さまざまだ。

朝食後は投薬があるので、みないったん部屋に戻る。どういうことかというと、抗酒剤のノックビンを看護師が部屋に持ってきて、包剤を配る。ひとりひとり目の前で口に放り込み、手にしたコップの水で流し込んだら、おおきく口を開けて見せる。看護師が覗き込んで飲み終わったことを目視確認して、「はい」。大のおとなが朝っぱらに「アーン」とやってインチキしていないか見てもらう、まるで信用がないと念押しされて、この儀式はかなりめげる。

午前中は、診察や検査、治療など。自由時間には病棟から出てもかまわない、散歩などするように勧められるが、これにもいろいろ決まりごとがある。アルコール病棟扉が解錠されるのは午前九時から午後五時のあいだ。病院敷地内や地下鉄駅やホームセンターなど近所に限られる。

昼食は十一時。定食や、麺類、カレーなどのときもある。

午後が、各種プログラムの時間で、曜日によって内容がいろいろある。大きく分けると、講義とグループ療法で、主なものは次のようになっている。

（1）依存症教室

（2）栄養教室、薬剤教室、糖尿病教室など
（3）院内断酒会
（4）小集団療法
（5）トレッキング

講義形式は（1）と（2）で、医師、薬剤師、栄養士などがそれぞれ先生となって、こっちは生徒らしくノートをとったりする。あとで試験があるわけではないけれど、はじめて聞く話がおおいので面白かったが、勉強嫌いも多い。腹がくちて居眠りするやつ、教材に落書きしたりよそ見したりするやつ、どこにでもある教室風景だ。

ビデオ学習という名の映画鑑賞会もあった。娯楽ではなく教育目的だから、「飲むとどんなに怖いことになるか」を描いた作品ということになる。アメリカ映画には、こういう趣向の名作が多い。「酒とバラの日々」や「男が女を愛する時」など。もちろん日本映画もある。主な作品のあらましを巻末に掲載しているので興味のある方はそちらをどうぞ。

どの映画にも酒場場面、飲酒情景がやまほどあるが、もうひとつアメリカ映画で特徴的なのは、断酒の互助組織の様子がたくさん描かれていることだ。ここにあげた名作群だけでな

く、いわゆるＢ級作品でもよく出てくる。だから、依存症患者自身の組織だが、映画を通じてそれがどういうものなのかアメリカ人のおおくが知っているのだ。日本でもおなじ組織があって活動しているけれど、ほとんど一般には知られていないことが大きな違いだろう。あちらは、現職大統領がアルコール依存症で入院したことを告白できるお国柄だからねえ。二代目ブッシュくんのことね。

映画上映で教育を図るなら、落語を活用する手もあるな。

おすすめは「芝浜」。天秤棒一本担いで商売している主人公の魚屋勝が酒好きのあまり失敗談ばかりしていて、貧乏長屋住まい。朝早く仕入れに芝の魚市場にいって、開くまで浜で一服して時間つぶしをしていると、海中に大金入りの財布を見つけた。懐にいれてうちにとって返し、仲間を呼び出して、酒と料理をとりよせて大酒盛りのあげく酔い潰れる。翌朝おかんむりの嫁さんに「いったい支払いをどうするつもりか」、問い詰められて拾った財布のことを言って懐を探るが、ない。「お前さん、夢でも見たんだろう」。

さすがに懲りてつくづくわが身を省みた。以後酒は口にしないで死に物狂いで働いたので、三年後には店を構えてひとを使うまでになった。ある夜かみさんを呼んで頭を下げ、すべてお前のおかげだと礼をいうと、じつは財布はほんとうにあったのだが金を手にしては身をもち崩すに違いない、隠してしまったのだと打ち明けられる。妻のおもんぱかりにさらに感謝するのをうけて、女房は「頑張ったのはお前さんなんだから」と久しぶりに酒でも飲もうとあつらえた。いまさらと断るが、かさねてすすめられた杯を口にしかけて、

「よしとこう。また夢になるといけねえ」。

三遊亭圓朝がつくった三題噺が原作とされている。成立が明治時代であるのに、アルコール依存症を克服できる道は酒を断つことしかない、という真理がのべられているのは、驚くべきことだと言える。

さて、（3）院内断酒会と（4）小集団療法のグループ療法は、患者全員参加のもの、男女別のもの、院外の断酒会がやってきて合同会をするものなど。ここでは出席者が順番に発表をしていく。各自話す内容は、酒にまつわる自分の話をする。

大阪市内有名ホテルの副社長は、ミーティング療法の趣旨が飲み込めていない。

「嫁さんにだまされて入院してしまったが、こんなところにいるはずではなかった。『ちょっとおはなしだけ聞かせてもらいに行きましょうね』とかなんとかうまいこと言いよってからに」

「藤原さん、きょうはそういう話じゃないでしょ。酒の体験談をお願いしますよ」

「そうか、酒のはなしね。うん、飲んだらわたしは天下無敵やからね、新地のクラブではどこでももてまくり、飲みっぷりがええから。退院したら、まっさきにはるかママの店にいかんといかんな。わはは」

「これこれ。失敗談をいってくださいね、きょうは」

「それもいっぱいありすぎて、いちいち覚えとらん。いやな話はしらふでは思い出しとうないねえ」やれやれ。


最初は発言番がまわってくるとみなとまどうが、何回もやっているうちに慣れてくる。副社長でなくても思い出すのはいやなことばっかりだが、おいおい自分の話をしひとの発表を聞いているうちに、これが治療に必要なのだと納得できてくるのだ。神妙に発表して、たがいに身につまされることになる。

夕食は十六時だ。和食中心、まいにち違う献立だから飽きることはない。管理栄養士が、限られた予算でよく工夫していると感心したものだ。晩酌がついてないのが残念だったがというのは冗談だからね、じょうだんジョーダン。

病棟の消灯は二十二時だが、食堂にあるテレビがついてるのは二十三時までなので「イレブンＰＭ」はまだやっていたとしても見られなかったな。食堂や休憩スペースには椅子とテーブルがあるから、ここでなんにんか寄り集まって雑談の花を咲かせる。アル中仲間で気の許せる相手だから、医者や家族にも言えない話がでてくる。部屋で本なんか読んでいてはもったいないので、もちこんだ本は開放区画にきてからは一冊も読まなかった。「事実は小説より奇なり」とは森鷗外のことばだが、まさしくそのとおり、推理小説よりよっぽど「衝撃の事実」満載の談話会だったのだ。

8　アルコール依存症とは何なのか

入院中の教育プログラムは、まずアルコール中毒とはどういうことか、からはじまる。癌患者が癌の病理につうじているとかぎらないし、よく風邪をひくからといって風邪の病因にくわしいとかぎらないのとおなじで、ここに入院してきた患者がアルコール症について理解しているわけではない。

むしろ、ほかの病気にくらべるとおそろしく無知なことが多いと言える。というのも、みな「こんなに飲んでいてはまずい」と自覚しているいっぽうで、そういうもろもろには目をつぶって知らぬふりをずっとしてきたからだ。

「最初の授業は、アルコール依存症についてです。これはヒニンの病とも言われます」

「え、そうやったの。せやけどうちは、もう子どもが三人おるデ」

「菰地先生のいうてはるのはそういうことちゃうやろ。飲んだ勢いでことに及ぶのはあぶない、ちゃんと着けてからせなあかんよ、心構えをわすれるな、と」

「いや、飲みにかかると、もうオネエチャンはめんどくさいからいらへんやろ」

「あーいやいや。そっちの避妊ではありません。アルコール症のは、事実を認めない、否定するとの意味の『否認』です。みなさんは入院することを選んだわけですが、それでも『自分はアルコール依存症とは違う』と思っているひともいるでしょ」

手を挙げさせると、十人くらいはいる、うわあ。入院中の教育で、自分が病気であることはわかったと言うのだが、

「おかげさまでしっかり勉強させてもろたやろ、こんど飲むときは限度をこころえて飲めるから、もう大丈夫」

ちっとも大丈夫ではない。道遠し、の感は否めない面々なのであった。

いちばん重要なのは、これが病気だということだ。アル中の一般的な理解は、「飲みだすとやめられない意志薄弱、仕事や人間関係で酒の上の問題をひきおこす社会不適格者。ためを思って諫めると言い訳して人のせいにするか、ふてくされて自棄酒するか。末路は、友だ

ちが去り、仕事をなくし、家族にも見捨てられてホームレス」。

つまり、意志や生活態度に問題があるという見方だ。しかし、「そうではない。これは病気なので、本人にもどうしようもないものなのだ」というのが、これは病気であるという意味なのだ。繰り返すが、子どもが風邪をひいて学校をやすもうとすると、むかしはおかあちゃんが「風邪なんかひくのはあなたがたるんでいるからよ。気合い入れたら、熱なんかさがります。さっさと学校いきなさい」と怒ったもんだ。気合いでインフルエンザは治らない、アルコール症も意志でどうにかなるものではない、病気なんだからね。

したがって、入院患者も浮浪者ばっかりいるわけではない。会社の偉いさんからぺえぺえまで、自営業自由業、芸術家もいた。おとこもおんなもいる。ようするに、世の中とおなじ種類の人間構成で、アル中特有のといえる身分や職業上の特徴はない。

病気には違いないが、依存症にいたる原因はよくわかっていない。もちろん飲みすぎたからには違いないが、じゃあどれぐらい飲むと依存症になるかというと、これがわからない。適正飲酒といわれる酒量があって、どのくらいかというと、一日あたりの平均摂取量がアルコール二十グラムとされている。そういう表現ではよくわからんが、じっさいの酒でいえば、ビールなら中瓶一本、清酒の銚子一本、ウイスキーはダブル一杯、ワインでグラス二杯、酎ハイで三百五十グラム缶一本。

じゃあ、他の酒ではどうか、バーボンアイリッシュカナディアンブランデーカルヴァドスシードルジンウォッカラムスリヴォヴィッツアブサンテキーラメスカールカシャーサアクアヴィットグラッパマールクミスクヴァースドランブイカンパリシャルトリューズアンゴスチュラビターズコアントローペルノーマッコリ白酒黄酒茅台酒紹興酒甲類焼酎芋焼酎麦焼酎黒糖焼酎蕎麦焼酎粕取焼酎泡盛猿酒、うわあきりがないな。懐かしさのあまりつい読点を打つのを忘れてしまったが、みなどれぐらい知っているだろうね。

そもそも人類最古の職業は売春で、最古の酒はワインとビールだといわれる。紀元前五千年以上前の古代オリエント遺跡からワインの壺が出土しており、紀元前三千年前のシュメールの石版に楔形文字でビールについて書かれている、ギルガメッシュ叙事詩だね。世界の社会や文化で酒を知らなかったのは、インド文明と戒律で禁じてきたイスラム社会だけ。それに、北米の先住民で、いわゆるインディアンとエスキモー。あとは、それぞれの文化で、社会でおのおの酒を発明して作ってきたので、種類と名前は無数といってよい。

しかし、すべて化学的にはエタノールだから、分量と濃度つまりアルコール度数から、つぎの算式で含有アルコール量が計算できる。

・酒の量（ml）×アルコール度数×０．８＝アルコール量（g）
アルコール度数は小数で、ラベルに３０度とある場合は０．３で計算する。

これで二十グラム以内に抑えておれば、血中アルコール濃度は０．１パーセント未満に抑えられており、悪酔いしない。悪酔いしないって、だいたいそれっぽっちで酔えるもんかねと言いたいけど、厚生労働省のお達しにはそう書いてあるのだ。善玉コレステロールがふえて動脈硬化を予防する。すなわち「酒は百薬の長」なり。

右にあげた適正飲酒量は、飲むひとなら「え、たったそれだけ」と思わず口に出てしまうが、一日平均なので足りなければ奮発してその倍くらいは飲んでいい。奮発してもやっぱり「たったそれっぽっち」かもしれんけどね。それと、週二回休肝日は忘れないようにとの忠告もついている。

じっさいには、限度量はひとによってそれぞれ違っている。平均的には、体が大きいとそのぶん同じだけ飲んでも血中アルコール濃度が上がらないから、酒に強いといえる。だから、一般にはおんなよりおとこのほうが強いとされている。しかし、酒に強い弱いは個人差がひじょうに大きい。高知の播磨屋橋でまいとしおこなわれる酒飲み大会では、大盃で何升もの清酒を飲み干す競争だが、歴代優勝者では男女拮抗している。

「よく飲まれますねえ」

「いやそんな、わたしなんかいつもほんのしょうしょう」

「え、まさか」

「だから『升升』で、まいにち二升ばかり」これは勝てんなあ。


さらにわからないというのが、肝臓を悪くするほどのんでいても、アルコール依存症になるとはかぎらない。したがって、ひとそれぞれの限度量とそれを超えて飲む量のほかに、遺伝子が関与しているのではないか、というのが定説だ。入院仲間に音楽家の高橋さんがいた。ボルドーに日本の酒会社所有のシャトー・ラグランジュという一級シャトーがあって、そこで地元のワイン関係者からフランスの有力者を招待する園遊会が開かれて弦楽四重奏団がもてなしの演奏をしたとき、一員としてパリから呼ばれてチェロを弾いたんだとか。そのせいではなかろうけど、まったく飲まなかったのが四十前から飲むようになった。

「夫婦二人でワイン一本くらいは開くようになってね」
「え、まいにちでそれくらいだったんですか」たったそれだけ、とこっちが言う前に、
「いや、一週間で一本かな」

元来かなり弱いひとだったんだろうが、肝臓はじめ障害が出てもやめられない。この程度しか飲んでなくてもアルコール病院に入院するはめになったので、単純に飲む量からだけではなんともいえないのだった。つまりどれだけ飲めばアル中になるかならないか、これは「ようわからん」とつれない答えになる。

否認の病のほかに、「アルコール依存症はコントロール障害である」という定義もある。これ以上は飲んだらダメと分かっていても、やめられない状態だ。ベロベロになっているのに「もう一軒いくぞぉー」てのもそうだが、さらに深刻なのがふつうだ。

肝硬変になっていて、医者からこれ以上は飲むと命取りと宣告されても飲む。仕事中にもひっかけているのがばれて、上司からこれ以上飲むとクビと宣告されても飲む。家中の酒を飲み尽くして隠してないか探し回るようになって、ヨメさんからこれ以上飲むと離婚すると

愛想つかされても飲む。しようのない酒飲みの酔態を描写して、「ひと、酒を飲む。酒、酒を飲む。酒、ひとを飲む」という俚諺があるが、この最後の段階に入って、もはや攻守所を代え主客入れ替わってしまったから、どれだけ飲むかは自分ではわからん、酒にきいてくれ。

こういうことなので、アルコール依存症の診断は、検査値では決められない。アメリカで開発された質問票があって、アル中に特有の問題が列挙されている。どれが当てはまるかはひと次第だが、共通することが多いのがふたつ。

ひとつは「ブラックアウト」、飲んで記憶や意識がなくなる。

「センパイ、ゆうべはご活躍で」

「それが三軒目まで覚えとるけど、あと記憶にないんよ。気がついたら、うちで寝ておった」

「ええっ、スナック新世界でマイク独り占めして軍歌どなってはったのに」

「わ、またやってもうたか」

「つぎのサロン卑弥呼は、チーママ陽子を触りまくってたし」

「げ、どこやそれ、だれや陽子って」

こういうセンパイのひとりやふたり、どこにでもいて珍しくはない。こういうのが何年かに一回なら大丈夫。大丈夫というのは、アル中の心配のことで、やめるに越したほうがいいけれどね。一年に何回もとか、飲めばかならずそこまでいく、ということになると危ない。

もうひとつは「連続飲酒」。毎晩飲む、夜を待てなくなると昼飯のとき飲む、仕事の隙を見つけて飲む、仕事のない週末は朝から飲み続ける、仕事のある日も休んで飲む。これが問題飲酒の代表的なものでほかにもあるが、こういうのがいくつか当てはまると依存症と診断されるわけだ。

飲酒を続けていると、粋な言い回しでは「手が上がる」といってようするにだんだん強くなる。同じ程度に酔うために、より多く飲まないとだめになる。これを野暮な医学的表現では「耐性が上がる」と呼ぶ。

飲む量がどんどん増えてもやめられないのを「精神依存」という。やめようという気にならずに飲み続けると、「身体依存」ができあがる。ここまでくると、身体はアルコールのある状態が当たり前となる。アルコールが体内からなくなるとそれこそ異常状態で、不調がでる。安易なテレビドラマではアル中の主人公が酒が切れると手が震える描写があるが、あれはほんとうなのね、冷や汗が出たり目がかすんだりもする。

ここまでくると、意志の力ではどうにもならない。「根性がたりんからや」と叱ってもむだ、立派な病気なのである。


どうしたら治るのか、答えは「治らない」。病気であることには相違ないけれど、さっき言ったようにその原因がわかっていない。病因がつきとめられていないのだから、それを治療する薬もなければ手術もない。

どうすればいいのか、答えは「飲まない」。禁酒ではまだ手ぬるい言葉なので、この世界では「断酒」と言っている。きっぱり、という語感かな、同じような言葉を思い浮かべると「断乎、断行、断交、断首、断然、決断、果断、英断」、もうしませんということでは「断種」なんていうのもあるなぁ。いやはや。

もちろん簡単ではない。入院すると、鍵をかけられるは、薬のんだか確認されるは、出かけて帰ってきたら持ち物検査されるは、ことあるごとにムッとするあつかいをされるが、ひとことでまとめれば「アル中だと認めなさい」と圧力を受けているわけだね。認めてはじめて、それまでの態度や生活を変える勇気がでるのだった。

ということは、三カ月入院してさまざまなプログラムをこなしていくが、ようするに退院時に、

「もうぜったい飲んだらあかんよ」
「はい、わかりました」
「がんばってね」

これに尽きる。

病気の本質がコントロール障害なので、「こんどはちゃんと節酒するから」というのはぜったいに上手くいかない。ひとたび酒を口にしたらさいご、一回目はグラス二杯でやめて「ほれ、やればできるから」と胸をはるのもつかの間、あっというまに前に飲んだくれていた状態まで逆戻りする。退院後の追跡調査はぼうだいな数があるが、例外なく元の木阿弥。業界用語で再飲酒のことを「スリップ」と呼ぶが、滑って転ぶという意味の英語。退院後たった一年で八割強がスリップ、あっちでツルリこっちでコロリで死屍累々のありさまは、アル中

にとって世間はバナナの皮の敷き詰められた道を歩くかのようだ。

断酒を長くできているからと安心することもできない。パトグラフィーという分野があって、芸術家などの精神医学的研究で病跡学と訳される。医学論文だけでなく、ノンフィクションなどもこれに含まれる。アルコール関係では、トム・ダーディス『サースティ・ミューズ』（1991刊）という本がある。サースティは喉が渇いている形容詞で、スラングではとくに酒に飢えている意味に使われる。ミューズは詩の神で、邦訳題名は『詩神は渇く』（1994刊）だ。巻頭の一行がすごい、「ノーベル文学賞を授与された生粋のアメリカ人七人のうちの五人はアルコール中毒であった」。この本に取り上げられるのは四人、ウイリアム・フォークナー、F・スコット・フィッツジェラルド、アーネスト・ヘミングウェイ、ユージン・オニール。そのうち一人は三十代でいったん依存症を克服して三十年以上断酒を続けたのだが、ある日酒場で一杯やってしまう。そのまま家に帰ってこないまま、遠く離れた街で飲んだあげくに入院しているのを発見される顛末が書かれている。

ほかにも同様の証言がある。退院してからかよっている心療内科のクリニックで、先客が見慣れない顔だった。そのことを先生に言うと、三十年ほどまえに受け持った患者で、そのとき以来ずっと酒をたっていたのだが、娘の結婚式があって同級生が集まったので気を許してしまって「乾杯」、スリップして診療所に顔をだすまではあっというま。とにかく、何年やめていても関係ない、という症例はいくらでもあるのだ。

ここで、『サースティ・ミューズ』でクイズみっつ。

・本書にとりあげられたアメリカ人四人のうちノーベル文学賞作家は三人。もらっていないのは誰。

・四人のうち、いったん断酒して三十年後にスリップしたのは誰。

・七人のアメリカ人ノーベル文学賞作家、あと四人とは誰と誰。

(「生粋の」と断っているのは、本書がかかれた一九九一年時点でアメリカ人ノーベル文学賞作家は九人いたが、アイザック・シンガーはポーランド生まれでイディッシュ語作品で一九七八年受賞、ヨシフ・ブロツキーはソ連からの亡命者でロシア語作品で一九八七年に受賞した。その後、一九九三年にトニ・モリスンが十人目として加わった)

9　入院動機　その一

「地獄を見ただろう、それを聞きたい」

友だちに入院の顛末を語っていたら、こう言われた。つまりよくよくのことになって、入院するという決断にいたったはずだ、そこが知りたいというわけだ。しかし、自分にしてみると、「地獄」と呼ぶような派手なことはなかったから、ご期待に添える話ができるのだろうか。

まずは酒歴を振り返っておこう。

父親が酒をほとんど飲めなかったので、世に晩酌というものがあることを知らなかった。しかし応接間の飾りとしては勉強ぎらいでも百科事典があり音痴でもアップライトピアノがあるように、サイドボードに洋酒瓶とショットグラスが並んでいた。サントリーオールドか到来物のスコッチだった記憶がある。

さいしょの酒は、四歳ごろ。母方の祖父が、とうじ父親の任地だった広島に伊賀上野から出てきた。盛り場八丁堀の老舗釜飯屋の二階座敷で夕食の卓を囲んだ。祖父は酒豪だったので、まずビールで乾杯する。おとなが一杯開けたところで、祖父がコップにビールを満たしてこっちに差し出してきた。むかしは珍しくない光景で、母親がかたちばかり制止のことばを発するが儀式みたいなもの、受けとって、みなの真似をしてぐっと飲んでみた。さほど苦いとも思わなかったのは、ひごろ茶を飲みつけていたせいだろうか。宴席は清酒に進んで、これも盃三杯くらい飲ませてもらった。まるで記憶にないが、たいそう機嫌がよくなったという母親の証言がある。

つぎは小学校なかばくらい、親戚の結婚式が一族の郷里伊賀上野であったとき。親族固めの盃の儀があって、一緒に並んでいたのでこっちにも回ってくる。これも母親の証言によると、神妙な顔をして「あ、どうも」と会釈しては片端から平らげた。

子供のあいだの酒歴は以上でおしまい、語るべきほどのこともないが、なにしろ家の中でだれも飲まないからしようがない。

飲み始めたのは、大学生になって京都に下宿するようになってからだ。京都では、学生はみな行きつけの店というものができる。「常連」と呼ばれる仲間になって、その一軒を根城にすることになる。

入学まもなくから、北白川の下宿から今出川通りをわたって、大学のすぐかたわらにあるスナック「もっきり亭」にまいにち顔を出すようになった。いまスナックというと高齢社会を象徴する場所になっているが、とうじは若者向けの業態だった。供するのはビールとウイスキー、ボトルキープというシステムができたころだったので、自分用にはサントリー白札を常備して飲んでいた。

大学周辺には居酒屋がいくらでもあって、そこでは清酒になる。小料理屋すし屋おでん屋おばんざい屋郷土料理屋などで酒のあて、すなわち酒肴をおぼえた。

洋酒修行にも精をだした。土地鑑ができるにしたがって、四条河原町から木屋町三条祇園あたりの盛り場にも出撃するようになる。蝶ネクタイに黒チョッキのバーテンダーがいる本式バーからゲイのママがやっているカウンターバー、グランドコンパという大ホールに円形カウンターがいくつもある洋酒酒場などで、カクテルやらリキュールというものの存在も知ることになる。棚にアブサンを発見して、本で読んだことのあるやりかたを試してみた。アブサンを満たしたショットグラスに、折りたたみナイフをパチンと広げてさしわたす。刃表に角砂糖を一個のせて、うえから水をゆっくりと垂らすと酒が白く濁る。これを一息にあおるのだが、度数六十八の代物で喉が焼けるため、チェイサーをウイスキーのストレートにしても堪えない。付き合うやつはいなかったな、あたりまえか。

大学三回生の夏に欧州を二カ月ほどほっつき歩いたときには、もっぱらワインとビール。

銘柄をうんぬんする知識素養はないから、土地土地のものを飲むだけだった。ミラノの友だち宅で、ウィーン人の母上からチーズを食後に賞味することを教わり、ミラネーゼの父上秘蔵の葡萄酒はキャンティなのだがレゼルヴァで、その酒瓶がおそろしく薄く軽かった。リスボンの友だちのところでは、シェリーをだしてもらったうえに年代物のポルトも、「マカオが懐かしい、アジアからの遠来だから特別に」と舐めさせてもらった。

四回生の秋には、家庭教師をしていたさきの実家、奄美大島に招待された。お屋敷に近所のひとが集まってきて、伊勢海老丸茹で、生雲丹たっぷりのせた鶏飯、島民謡の踊りには黒糖焼酎。

大学を卒業して酒の会社に就職した。本社のスタッフ部門に配属されて、初日に先輩ふたりに近くのビル地下一階にあるバー「キャシー」に連れて行かれた。これがそのままその後の日課になる。とうじ終業時刻が十七時二十五分で、店のカウンターに三人腰を下ろすのはその十分後。「できる者には仕事を、できない者には金を」が合言葉で、前者をもって任じているから残業はしない。そのまま二十三時に流れる蛍の光に送られて解散。

そのころは月にいちど半舷上陸と呼ぶ土曜日出勤があった。軍艦が寄港すると休暇を与えるが、緊急に備えて各部署要員の半数が艦にとどまり半数が上陸するということに倣ったものだ。勤務は半ドンで、この日「キャシー」は午後すぐに開店するから路頭に迷わずにすむ。そのまま蛍の光を聞くのは平日と同じだった。

だんだんとほかの店にもいくようになって、ホームグラウンドは大阪を代表する盛り場「キタ新地」、じょじょに馴染みの店ができてくる。時代はビールとウイスキーだったのでもっぱらその二種、銘柄はサントリー白札でふところに余裕が出てきてからはサントリー角瓶だった。先輩からは、むかしは「サントリー角は課長の酒、サントリーオールドは部長の酒」と言ったもんだと聞かされて、それは昭和三十年代四十年代までのことであっただろうか。

腹ごしらえに和風店にいってそのあとはバーになって、国産だけではなく輸入品洋酒もあるので、スコッチ、アイリッシュ、カナディアンなどと変化にはことかかない。新地には「クラブ」という重役向け高級店もあって、どういうわけか会社の幹部に気に入られてときどき連れて行ってもらった。

国内の支店、工場を年に二回、課員で手分けして回るという仕事もあった。事業所は北海道から沖縄まで何十カ所もあって、各地の盛り場を巡ることができた。敵情視察と称して地元の酒と肴に目配りすることには怠りなし。

入社以来同じ部署で八年目、社内選考をくぐり抜けて留学することになった。行き先はシカゴにあるビジネススクールで、大学院二年間で修士号を取得する。この間、勉学に励むかたわら武者修行にも余念がなかった。

下宿から徒歩三分に、風格あるよろしき酒場があった。この店ではとうじまだ日本にはなかったハッピーアワーがあって、夕方五時の開店から七時まではアルコール飲料が半額。つられてしょっちゅう顔を出すようになったら、精勤を認められて店主から最初の一杯は「オンザハウス」と言って出してもらうようになった、すなわち「店のおごり」だ。これで、それまで馴染みの薄かったバーボンに開眼することになる。それまではおぼつかないなりにオールドフォレスターが佳いと思っていたが、いろいろ試してやはりジャックダニエルズに落ち着くことになった。ついでメイカーズマーク、三四がなくてあとは土地土地の銘柄がよろしい。

学校のあったシカゴには移民コミュニティが多くあって、各国料理店のバラエティに富んでいる。酒も、ギリシャ料理のウーゾ、ポーランド料理ならズブロッカ、北欧のアクアヴィット、韓国のマッコリ、中国なら茅台酒など白酒や紹興酒の黄酒、むろん日本の清酒もあるし、西欧料理屋にはフランス、イタリア、スペイン、ドイツなどのワインが揃っていた。

下宿の部屋でビールのほかに常備していたのはジャックダニエルズとオールドパー、いずれも大瓶だった。これをケース単位でまとめ買いしていたら、酒屋の主人からフランスワインもすすめられた。シャトーラフィットをたくさん仕入れたところ思うように捌けない、「ケースごと買うなら半額にするが」ともちかけられたのでさらに二割値切って手に入れた。そのあとちょくちょく、ボルドーのシャトー物やブルゴーニュのドメーヌ物が回されてくるようになったものだ。

学期のあいだの休暇期間に、酒どころ訪問を思いたった。それまでは事務系の海外留学者には現地での出張という定めがなかったので、いそぎ「海外留学生出張旅費基準」というものを立案した。入社以来いた部署の仕事のひとつが各種業務規定をつくることだったので様子はわかっている。稟議をくぐりぬけて制定完了、これで安心して会社もちで出かけられるというものである。酒造メーカー各社に手紙をだして、日本の洋酒会社社員でげんざいビジネススクール在学中であるとの自己紹介をし、会社訪問をして製造現場見学と経営幹部とのインタビューを希望するむね申し入れた。

訪問したのは、アメリカワインの中心地カリフォルニア州ナパヴァレーにあるロバートモンダヴィほか、ソノマヴァレーなどの州内のワイナリー数カ所。モンダヴィ醸造所の仕込タンクの前で「澱を沈めるためにたまごの白身を何千個分も投入する」と説明されて、あとの黄身はどうなっちゃうのと尋ねたら、案内者のマーケティング担当副社長が目を白黒させたが、工場長によるとサンフランシスコ市内のケーキ屋におろしているとのことだった。

ビールは、バドワイザーのアンハイザーブッシュ社がセントルイス、ミラーはミルウォーキーにあるので、いずれも隣の州だから自動車数時間でいける。あとテネシー州リンチバーグのジャックダニエルズ蒸留所にも行った。草深い細い道路でたどり着くとこの工場のある郡はドライカウンティつまり禁酒法下にあるので、来客は工場見学を手順どおり案内を受けたあと「試飲は隣町まで行ってどうぞ」と告げられることになる。

飲んでばかりいたわけではなかったので、ぶじ経営大学院の二年間の課程を修了した。まえの部署で上役だった部長がそのころロンドン支店長、帰国するまえに寄っていけとのおおせで大西洋を横断。朝出社すると、発売前の新ウイスキーがあって見本が届いたのでみなで試飲しようとなった。はじめてのシングルモルトもので、香りの深さと味のまろやかさはスコッチをゆうにしのぐと驚いた。

帰国すると、やはりおなじ本社のなかの別のスタッフ部門に配属された。夜の行動も広がって、キタだけでなくミナミや神戸京都も守備範囲に加えることになった。ここに足かけ十年いてつぎに東京に異動となったので、さらに事務所界隈の赤坂新宿を主として、せっかくの花のお江戸なので銀座もおまけにちょこっとだけ。

飲みに行く先のレパートリーは広がり馴染みの店が増えるが、連日飲んでいるのはおなじ、そのなかにリズムのようなものができる。平日は会社の諸君といっしょに出撃するので、口あけにビールであとはバーボン、ウイスキー、ウォッカなどですなわち洋酒一辺倒。休日はうってかわって清酒の冷やで押し通す。五日洋酒で二日清酒の循環だが、そのうち酒の妙味のひとつは独り酒にあると思い致すようになってきた。

「白玉の歯にしみとほる秋の夜の酒は静かに飲むべかりけり」、酒聖若山牧水さんの境地にいささかなりか近づいたものだろうか、秋の夜ならずともしずかな酒のうまさがしみる。平日のうち金曜日はみなさんとはつき合わないで、終業後すぐにうちにとって返して清酒の日、かくしてそのごは四日洋酒で三日清酒の、ご機嫌上々サイクルにて落ち着くことになった。こうして書き出すと、だんだん危ないことになってきておったよ。

御神酒上がらぬ神はなく
飲むことわりにかぎりなし
飲めや歌えの日があれば

ひとりしずかに汲む夜も
洋酒と清酒の水車
ぐるりぐるりと輪は回る
目には見えねど推す水は
じわりじわりと嵩を増す
春夏秋冬酔生夢死
飲んで飲まれて飲むあした
森羅万象ゆめうつつ
かたりことりと輪はまわる

10　入院動機　その二

こう振り返ってみて、「地獄」などと劇的な要素はない。しかし戯れ歌に認めたごとく、水車の回転で水嵩が増すようなぐあいでじわじわしかしかくじつに酒量が増えていく。アルコール依存症者のつねとして、内心奥底では「まずいなぁ」とわかりつつ、平静を装っておった。格好つけて言えば、静かな恐怖やね。

事件と言えることもあった、東京へ異動があって直後、危ないことがおきた。単身赴任でワンルームマンションでの一人暮らし。一人暮らしは、アメリカ留学中で二年間の経験があるから負担だとは感じていなかった。ところが油断だろうね、ボヤ騒ぎを起こしてしまった。飲んで帰ってから、ヤカンで湯を沸かしているうちに寝込んだのだ。なにやらうるさいので目をあけると、警報が響いていて煙が充満。管理人さんが解錠して飛び込んできて、窓を開け放ってくれているのを呆然と見ているうちに、部屋の煙は排気されて、ことなきを得たしだいだ。管理人駐在のマンションで良かったが、建材の毒煙がすごくて、救出が遅れたら化学物質の中毒になっていただろう。

転勤間も無く、あちらこちらに迷惑かけてしまった。すぐに社内にはボヤ騒ぎの一部始終がひろまって、「かっこ悪ぅ」とは自業自得なのでしかたない、のち十分の上にも十分の注意をしたものだ。

注意とはいうが、依存症は、やめなければいけないとわかっていてやめられない病、とも要約できる。その意味では、アルコールも薬物依存もおなじことなのだが、違いは覚醒剤やヘロインコカインは違法であることだ。犯罪行為がやめられない、これはたしかに地獄だろう。

酒のほうは、ただ飲んでいる場合にはおとがめない。金と時間次第で、いくらでも飲める。人によっては幻覚幻聴にまでいくこともあるが、それは免れた。それがなぜ入院して酒を断とうとしたかというと、階段なのだ。

アルコール依存症者のつねとして、体力がない。飲んでばっかりだと、運動不足と栄誉失調に陥るからだ。平衡神経もおぼつかなくなって、平坦な道でもよく蹴つまずく。いちばんあぶないのが階段だった。まいにち通勤に地下鉄を使う、その上り下りに大変な思いをするようになってきた。上りはまだ蹴つまずいてもそこで倒れるだけだが、下りはあやまると上から下までの転落事故になる。手すりから離れないように心がけていたが、踏みはずしてそこにへたり込んで、ようやくことなきを得たことが続いて、ついに観念したのだった。

関西の母親と弟に電話して、車で迎えにきてもらうことにした。電車で帰る気にならなかったとは、今にして考えれば「地獄」だったかもしれないね。新幹線東阪片道を耐えるほどの体力気力もなかった。

横たわったまま車で運んでもらい、芦屋の実家にたどり着いて一泊してから、かつて知っていた神戸の専門クリニックに行った。これで本稿のはじめにつながったわけだ。

11　食べたり飲んだり

病院食はうまくないというのが世間では定説になっているようだ。とりわけ公立の施設の食事の評判がかんばしいものでない。入院したのが県立病院、しかも食事内容も治療の一環という要素があって、献立について患者の選択の自由はない。そこで三カ月、毎食摂ったうえでの結論は定評とは反対に、けっこう美味いじゃないか、というものであった。

考えれば、味についてのうんぬんは物差ししだいだ。低予算で栄養確保優先という制約があるのだから、こっちの物差しもそれを勘案しないと正当な評価はできない。町の蕎麦屋、定食屋について、一流料亭の評価基準であれこれ言うのは当を得ていないだろう、よくみるけれどねそういうのは。調理と味つけも、何百人分をいちどにつくらなければならないのだから、標準的なものになる。こっちはそれぞれ好みの癖があって、それに合うものになるかどうか保証の限りではない。病院食は「味がうすい」「油をけちっている」なんて声を見かけたが、どういう味つけを基準にしてそういえるか、言っているやつの好みが違うだけじゃあないの。ふつうより塩や油がすくなくっても、ここは病院なんだし、一説には現代は塩分と油脂摂りすぎになっているらしいから、出されるものに慣れるほうが健康にいいかもしれないぜ。

それに、食事そのものがどうということでなく、一般に反対意見、批判論のほうが出しやすいのではないか。多数派が「まあこんなもんで、けっこう」と判断してもまずそれを言うことはない。あと醤油一滴たりない、塩ひとつかみ油のひとふりに欠ける、アルデンテを一秒とらえそこねた、こういうのは意気込んで言いやすいようにおもえるがどうだろう。グルメを自認していたりした日にはかっこうの標的、見識しめすぜっこうの機会だろうなぁ。

また、お仕着せの献立なんて美味いわけない、という先入観もあるのではないか。その偏見がよってきたる元は、幼いころの学校給食体験だろうと言って間違いなかろう。あれも献立しだいで、ポテトサラダのように取り合いになるものもけっこうあったが、どうにも弁護不可能なのが脱脂粉乳だなぁ。あれが出なくなった以降の世代とは、給食観がおおいに違いそうだ。それはともかく、病院食はまずいと言わないことは沽券にかかわる、そんな同調圧力が働いていないか。

ほかによく指摘の的になるのが「冷めてだされる」というもの。これはこの病院ではほとんどなかった。厨房は、アルコール病棟とおなじ建物のいちばん下の階にあって、配膳車がエレベーターであがってくる。こっちは二階なので距離が近い地の利があった、スープが冷めない距離ね。うどんがあつあつの汁でなかったのが一、二度あったくらいか。

もうひとつ不評の種は「早すぎる」というもの、もちろん食事時間帯のこと。この病院では、朝食七時、昼食十一時、夕食十六時。たしかに早い、なかんずく夕食は冬でもまだあかるいうちだから、晩飯という時間ではないだろう。これがいっぱんに評判がわるいのは、公立だと役所とおなじだから厨房職員も定時が十七時、その時間に退出するためには十六時に夕食を出してしまわないと間に合わないからだ、という解説が付属しているからだろう。真偽はしらんけれどね。つまり、患者のはらのつごうではなく職員の勤務時間のつごうで決められているというのが不平を助長している。それはそうかもしれないが、ここはアルコール病棟だ。アル中連中というのがおよそほめられた生活習慣ではない。三食きちんと食っていたかあやしいものだし、なかでも夕食となると、酒を飲む時間帯でもある。まず一杯のほうにあたまが行って身体もその方向に仕込まれているので、晩酌抜きの夕食がゆうがた四時だろうが六時になろうが、意に介さない。やれやれとほほ、ではあるのだが、ちゃんと食べることができることに優ることはないから、早すぎるという不満はでないのであった。

栄養面では、三大栄養素の炭水化物、蛋白質、脂質の配分、微量栄養素すなわちビタミンミネラルの補給はばんぜんだった、食っていてわかるわけでもないけれど、手ぬかりあるわけはない。総カロリーが二千二百キロカロリーだったと憶えているがたいして運動しない病院暮らしだと多くないか、二千くらいだったかもしれない。ところが四週間時点の検診で、肝臓関係をふくめあらかた数値は基準値内だったがゆいいつ中性脂肪値が高く、悪玉コレステロールＬＤＬが高めだった。すぐ、菊山栄養士の面談というのがあった。病院にいる利点だね、すぐ適切な相手が対応してくれる。栄養士であるけれど、ちょっと小太り、まあそんなもんか。


「ご家族で、持病や病歴など、関係がありそうなもの、ありますか」

「ないとおもいますけどね、おふくろが喘息だからアレルギー関係、おやじは肝臓癌だけどね、血圧血管関係はなにもないはずです、あ、まだ生きてます」

「じゃあたぶん遺伝的要素はないから、食事で改善するはずです。やってみましょうか」

「はあ、せっかくなので、そうします。具体的にはどうなるんでしょうか」

「うん、糖尿病食にきりかえましょうね、あしたからすぐ食べてもらいましょう」

「不味いもんじゃないですよね」

「ははは、いまの食事、不味いですか」

「いやあ、どっちかと言うと美味いと思いますが」

「それはよかった。じゃあ、だいじょうぶ。かんたんにいえば、いまの献立のままで量が少なくなります。ご飯の量がすこし減る、おかずも少なめ。油脂のおおいおかずのときは、みなさんとはべつの皿になることもたまにあります」

「はらがへるかなぁ」

「そこは、がまんしてもらうのが療法ということですねぇ」

「菊山さんは、問題数値なんかないんですか」

「あら。そんなん、内緒ないしょ。へへへ」


というわけで、糖尿病食をあてがわれることになった。記憶では、二千二百キロカロリーを千八百に落としたのだが、いまの知識にてらすと多いな、それぞれ二百ほど少なかったのかもしれない。ともかく五分の四ほどになったのだが、見た目では三分の二の量。あと朝のパック牛乳が無脂肪に変わった。そういうことより、糖尿病食があることも気づいていなかったのに、自分のことになると周りに目が行くようになる。ざっとみわたして五人くらいの患者が該当者で、年齢を考えたらとくにアル中だから多いともいえないようだ。とうぜんしばらくは小腹がすいたが、二週間ほどで検査値は目標達成。ただし食事は「ねんのため、あと二週間ね」、そんなもんなのかね。

間食には、とくだん制限はなかった。酒がないと手持ちぶさたならぬ口さみしい。ちょいちょい口に放り込める飴やクッキーがいっとう手ごろで、みな院内の売店や近所の店で袋物など買ってくる。雑談場所のテーブルに籠や器をおいて、そこにだれかしら菓子類を入れておけば、みな適当に口にしていた。これは、習慣になってしまって、退院後も職場の引き出しに飴などの袋数種類を絶やさなかった、三年はそれが続いたか。

入院前は、諸君はどんな食生活だっただろうか。夜の自主談話時間ではいろんな話があったのだが、わかったのは入院に近づくにつれて、ろくな食いかたをしなくなったというのが共通項として言えることくらいだ。これはよくわかる、いわゆる連続飲酒の度が深まって、口にいれるものとして気になるのは酒ばかりになるので、それ以外は考えること自体めんどうになる。考えていないから、なにを食べていたかまるで覚えていないのだ。まあ、前にはこのチーズに合うのはあのワインなど言っていたかたもいなかったわけではないが、昔の夢、どうでもよくなってしまう。

こういう話になると、「殿」と意見が合うのだった。

「米の飯、これは頼りになる。栄養素でいえばほぼ完全食、川島少将が保証しておりますかrらな」

「おお、川島陸軍少将殿ですね、『まちがい栄養学』。コメを食っておりさえすればだいじょうぶ、正確にはどうだったか、でもこれは忘れない。あと、日本人に足りないカルシウムはゆでたまごの殻を粉末にすりつぶして飲む、ナッツを食べるのを怠らない」

「そのうち米の飯もめんどうになってきますわなぁ。その時には、アイスクリームやね」

「そうそう、糖分と脂肪がたんまりあるからぐあいよろしいように思いますよね。口で溶けるので、噛むめんどうもない。溶けるから胃の負担もなさそうで、いいことずくめ。これはラクトアイスでは役に立たない、ハーゲンダッツかせめてレディボーデンクラスのほんとのやつに限ります」

「もうひとつ、チョコレート」

「おお、チョコレート。雪山で遭難する、一カ月後に救助されると、みんな言うのが、『チョコレート一枚あったので命が助かった、これをだいじに食いつないで、むだに動かず体力消耗を防いでじっとしていた』と」

「板チョコがよろしいね、ずうっと飲み続けているあいまに、ひとかけら口に入れて溶かす。雪山遭難一カ月やからね、心強いわ」

　ようするに飲み続けて食っていないのがマズイなとはわかっていた。わかっていたが、ちゃんと食べるのが面倒でもある、そこで完全食の米の飯、雪山遭難一カ月のチョコレートという話になるのだった。正確を期せばそれだけで何カ月ももつわけはないから、要所要所しっかり食ったりしてはいたのではあるけれどね。

　飲むほうはどうだったか。ついトルストイの一行が思い起される、曰く「幸福な家庭はすべて互いに似通っているが、不幸な家庭はどれもがそれぞれの流儀で不幸である」、『アンナ・カレーニナ』だったかの冒頭。つまり、飲む酒の種類も飲みかたも、十人十色。強いて言うと、人気が高いのは清酒のコップ酒を常温でやるという流儀。自分のことを省みても共感する。こっちは、さいしょ味を覚えたのはビールと清酒だが、飲める口の祖父がやってきたときに一口飲ませてもらったぐらいのこと。自前で飲めるようになった大学生時代は、清酒とウイスキーが基礎であった。とうじビールは高価で学生には手が出ない。会社に勤めるようになってもっぱらウイスキー、ついでバーボン、ウォッカ、ワイン、焼酎乙類。これが、飲んだ量による順位だろう。なお、ビールは飲んでいたが酒の勘定にいれるものではない、感覚的判断だが、これは入院患者ほとんどが口をそろえておなじことを言っていた。

四十代に入ると、それまで拡散してきた酒の種類が収斂してくる。勝ち残ったのが、清酒、ウイスキー、バーボンになる。外に行けばあるものから選ぶからブルゴーニュのなんたらやボルドーのかんたらも飲むが、家ではそんなめんどうな御託あるものはもう遠慮して、上記三種をそなえるのみ。おそらくアルコール換算の生涯摂取量御三家はこれで決まりだろう。

さらに飲み続けていると、みなさんとおなじで、清酒の常温コップ酒がさいごまで美味いと思って飲めていた。ウイスキーとバーボンは具合がいいのがオンザロックスなのだが、氷は溶けるし冷たい。ならストレートがいいかというと、早く酔いすぎる。なに、飲むペースで酔いはコントロールできるはずだが、それは理屈というものでそううまくいかなかった。で、清酒。はじめのうちは銚子にいれて燗をしていた、電子レンジなら完璧だし気に入りの酒盃もある。そのうち、ありふれた銘柄でなにもしない、つまり常温でやるのがずっとのんでいても美味くおぼえることがわかった。このへんになると、個人の味覚なので普遍的にそうなのかはもうわからないのだが。ただ、たくさん飲んできたに違いないアル中仲間の面々の多くが同じ結論というのは興味深い。おそらく酒そのものだけでない、いろんな要素があるに違いないが、みなであれこれわあわあ言っていたときには、答えはみつからなかった。

もうひとつ、共通体験があった。称して、早朝自動販売機事件。これは、「殿」もこっちもやっていないので、ほかの諸君の証言による。

「そのうちにな、カミさんが酒を隠しよるようになるやろ」

「そうそう、隠しても見つけるから、ぜんぶほかされてしもたりしますやろ」

「目ェ盗んで部屋にもってはいるやろ、分からんようにひっそりして飲む」

「おう、コップとりにいったりするとバレたらあかんから、ワンカップかパックやのね。そのまま口つけて飲むなぁ」

「ちょっとしたら飲んでもうて、しやけど寝られへん。みんなどうしてました」

「近所の酒屋の前に自販機あったやろ」

ここで、席にいた五人全員から一斉にそやそやと声が上がるね。

「持ち込んだのが切れたのが、二時三時や。自販機の電気が点くのが五時やろ」

「そうそう、そっから長い。四時になったらもう待ちきれんで、みな、行きませんでした」

「そやね、冬なんか真っ暗やしえらい寒いけど、行くんやね自販機に」

「ほんで、前にしゃがんで電気消えてる自販機みながら、小銭数えたりしよるんや」

「なんででしょうね、五時まで動かへんのをよう知ってて、行ってまうの」

「なんでて、そらアル中やしなぁわしら」

「ようやっと五時に電気はいるゴトっと音すると、こっちにもポッと灯りついた気になるねえ」

「ずっと握ってた小銭、流し込んでとりあえずワンカップ、二本買うやろ」

「そうそう、なんでか二本ですねん」

「それをすぐそこで、クイと開けて流し込むと、腹の底にもポッと灯ィつくんや」

「わ、おんなじですわ、それ。ほんで、も一本もつづけてゴクゴク」

「みんなそうやろか、あれも不思議やね、家はすぐそこなんやから持って帰って飲んでもええのに。やっぱりアル中やねんな」

代わるがわるにかたるのだが、みなウンウンと頷いていていて、おんなじことをやっていたとわかる。

なぜかこういう話をしているときにはみなどんどん発言する。断酒会で発言順がくるのを嫌がっていた何人かも、ここでは自分の話をしたがって、しかも楽しそうなのだった。

12　外出外泊

入院の日々を積み重ねていくうちに、段階的に行動の自由が許されてくる。どういうぐあいかというと、入院からさいしょの二週間は「閉鎖処置」。アルコール病棟のなかの一部が閉鎖区画になっていて、それ以外の開放区画から隔離してそとから鍵がかかる。食事のときだけ開けてもらって、あとは閉じ込められた生活だ。

第二段階は、入院から三週目からの二週間。開放区画に移って、四人部屋の開放病室に入る。病室に鍵はかかっていないが、病棟自体が夕方十七時から朝九時まで施錠して扉が閉ざされる。昼間の鍵が開いている時間帯は、病棟内での検査や教育プログラムなどない自由時間なら、病院施設内にかぎってアルコール病棟以外のところに行っても構わない。あと、病院の敷地を出て徒歩五分ほどで鉄道駅やホームセンターなどがあって、その範囲内の散歩なら大目に見てもらえる。

入院から五週間目にはいると、外出できるようになる。病院周りの散歩より遠くに出かけてもよくなる。遠くといっても病院のある地区は畑があるばかりでしかたがないが、電車に乗れば一駅で都会の繁華街だから、なんでもある。でも、勝手にでかけていいわけではなくて、事前に主治医の許可がいる。なんだ、やっぱりそういうことか。行き先と時間帯を申告する、平日なら検査とプログラムのない自由時間のあいだ、あるいはなにもない土曜日曜に出かけることができるけれど、原則として病棟の鍵がかかっていない九時から十七時のあいだになる。

でかけるときは看護師詰所に申し出て、許可があるとの確認をもらい、さらに名札があるのでそれを掲出しておく。帰りの時間や食事がいるかいらないかも言ってから出してもらう。なかなか厳重なのだが、こっちの身の上を考えたら文句は言えないな。

それよりもっと厳重なのが、帰ってきたとき。私物を確認されることになっている。目的はただひとつで、めあては酒に決まっている。入院して四週間、さまざま教育を受けて病院生活になじんだころあい、なんとか「自分はアル中だ」という自覚もできたはず。まさか酒を隠しもってかえるはずはない、とふつうはおもうのだがそれは甘い、なにしろふつうじゃない連中だからね。

「おかえりなさい。じゃあ、そのデイパック、あけて見せてくださいね」

「えっ」

「え、じゃないでしょ。はい、中のものをここに出して」

「舞ちゃん、着替えとかだけで、なんにもないで」

「はいはい、構わないからぜんぶここに出してみましょうね」

「なんもない言うとるのになあ。あれっ、なんやろこれ」

「あら、スコッチねえ。シングルモルト、おいしいのよねえ」

「いやあ、見たこともないなあ。だれや、こんなん入れよったんは」

「はいはい」ポイッ。

「わ、ほかしよった。高かったのに」


いるあいだには遭遇しなかったが、こういう場面が年になんどかあるらしかった。まれには密輸に成功するやつもいたらしい、抜き打ちのロッカー検査で隠匿露見したりするとか。

一杯機嫌で帰ってくる豪の者もいる。

「お帰りなさい。ご機嫌ですねえ。じゃあ、うしろの検査室にいきましょうね」

「えっ」

「え、じゃないでしょ。血をちょっと採りますのでね」

「美優雨ちゃあん、検査やったらもうきのうやっとるやないか」

「はいはい、いまは一本採るだけですからね」

「なあんもしとらへんのに、気ィ悪いやないか。飲んどらへんデ、わし」

「あら、いい匂い。酎ハイかしら。どこのお店ですか」

「お店ってなんのことですかぁ、わからんなぁ」

「はいはい」チクッ。

「わ、おれの血が。バレてまうやないか」


いずれの場合も治療を続ける意志がなくなったと判断されて、追放処分。さよならあばよグッドバイ。塩まかれるわけじゃないが、原則として再入院も認められない。

外出を認めているのは、じつは治療目的なのだ。気分転換に外に遊びにいっておいで、というわけではない。いや、気分転換にでかけるのもいいんだけどね。この治療目的というのが二つある。

ひとつが、外泊というもの。週末に家に帰って、家族と過ごしなさいという趣旨だ。アルコール依存症は、おおくのばあい「家族病」の様相を呈していて、家庭生活でも問題を抱えている。映画や小説で、酒乱のお父ちゃんあるいはお母ちゃんがいて家の中はめちゃくちゃ、子どもも巻き込まれて酷いことになっているという設定は珍しくないが、じっさいここの患者でもそうなっている家族がいっぱいいる。治療期間中にうちに帰って家族とすごすことが社会復帰の役に立つ、ということでこの外泊は積極的にするように勧められる。

もうひとつは、断酒会またはＡＡへの参加。ＡＡとはアルコホーリックス・アノニマスの頭文字でアメリカ発祥の世界的断酒互助組織、日本支部が東京池袋にあって全国各地で集会がおこなわれている。いずれかの会合に出るために外出できる。どちらに出るかは、患者の好みで決めていい。会合は六時から始まることが多いので、この場合は出入りに病棟の鍵を開けてもらうことができる。

入院しているあいだに五回以上いずれかの会合出席が必要で、参加のハンコを押してもらって帰る。外泊にかけて家の近くのところに行くのもかまわないが、日帰りで街に出ていってくるときは、なんにんかで連れ立っていくよう言われる。

夕食をすませて、五時に病棟の鍵を開けてもらい、「殿」、田中さんと三人つれだってでかける。病院の玄関から駅までは急な下り坂、入院しにやってきたときにはこれが登れなかったものだが、こんど下ればほんの三分で、旧街道の国道をわたれば目の前が駅。これを街のほうにいく電車に乗ると、通勤方向と逆なので空いている。ＡＡ会場にいくにはつぎの駅で降りればいい。


「みんなでいっておいでって、病院も優しいやんか」

「そうじゃないでしょう、ひとりにしたらなにするかわからんということと違いますか。ねえ、殿」

「味方同士でおたがいを見張らせる、いくさの常道であります。ホッホッホッホ」

「信用ないんやなあ」


ぼやきながらも、ちゃんと会合にでて出席のハンコをもらって帰途につく。きたのと同じ地下鉄に乗って、宵の口の七時過ぎなのでまだ混んではいない。

「あっ、くさいなあ」

「うむ、臭いますな」

「日本酒がおおいですねえ。ビールもなんにんかいる」

「乗ってるやつのはんぶん酒臭い、まだ七時すぎやないか」

「世の中、嘆かわしいですねえ」

「じつにけしからんことですのぅ」


口ぐち嘆いたり憤ったりしているのがアル中連中だというのが可笑しい。

微醺というううるわしい表現がある。醺とは、酉偏があるので見当はつくが、酒に酔うことまたは酒の匂いがすること。この字に微を冠するのだから、微醺とはちょっとだけ酔う、あるいはほんのり酒を匂わせている状態。古典では「花看半開 酒飲微醺」などと言う、「花をみるなら開きかけ、酒を飲むならほろ酔いまで」。われわれのほうは、花は満開さえすぎて落花狼藉におよんで際限なく飲んでばっかり。そういう連中が微醺のみなさんを酒臭いととがめる資格はないはずだが、ほんとに鼻が敏感になっていて、車中がにおうのだった。いやはや、もうしわけない。

右にあげた句をぜんぶ引用すれば、

花看半開　酒飲微醺　此中大有佳趣
若至爛漫酕醄　便成悪境矣
履盈満者　宜思之
（『菜根譚』）

二行目の意味は、「もし花は満開、酒はとことんまでやってしまえば、酷い目にあうぞ」くらいのことだろうか。「すなわち悪境をなす」とは、いかにもオソロシゲだなぁ。

13　断酒自助組織　ＡＡ

アルコール依存症は、いまもってその原因は医学的には解明されていない。「アホほどのんだからや」、いやそのとおりではあるけど、おなじように浴びるほど飲んで、「笊」とか「蟒」とか尊称される大酒飲みなのに依存症ではなかったという例がいくつもある。けしからんなぁ。

ねんのため注釈すると、かぎ括弧の漢字は「ざる」と「うわばみ」だ。「ざる」はいくら注いでもざざ漏れだからいくらでも注げる。「うわばみ」は大蛇のことで、その親玉八岐大蛇、ヤマタノオロチは、酒につられて八つの壺いっぱいの酒を平らげたあげくに、須佐之男命に退治されてしまう。

その極めつけの上戸が、どうして依存症でないとわかったのか。だいたい「ないことの証明」はかんたんでない。「存在することの証明」なら、実例がひとつあれば足りる、「ほらこういう事例がある、Q．E．D．。証明終わり」。はんたいに「存在しない証明」は、すべての条件を網羅してそのすべてでそれが存在しないことを確認できなければならない、事実上不可能なことがおおい。「悪魔の証明」ともいわれて、ローマ法由来でラテン語ではプロバティオ・ディアボリカ、悪魔の力でも借りないと解けない。

なので、大酒飲みでもふつうに生活して仕事しているうちはわからない。ところが、べつの病気になって入院することになった。


「先輩、お見舞いに参りました」

「おお、はやばやとご苦労さん」

「調子、よさそうやないですか」

「いやあ、心配であんまり寝られへんネン」

「大丈夫ですよ、よくある手術ですから。一週間もしたら退院できるんでしょ」

「それやねン、癌のほうは切ったらしまいや。けど、そのあいだ飲まれへんやろ、なしで一週間もつやろか。麻酔効かへんかもしれんしなあ」


病気そっちのけで、酒の副作用ばっかり気にしている。ところが、けっきょく禁断症状はまったくでなかった、これで依存症ではないことがわかったのだ。あれほど飲み倒していたのにじつにけしからん話だが、麻酔の効き目は悪くてものすごく痛かったらしい。ざまみろ。

そのかたほうで「たったそれだけ」、と少酒家という言葉はあるのかどうか知らないが、大蛇の反対だから「蚯蚓」とでもいうていどにたしなんでいたのに、肝硬変になって、それでも飲むのを止めることができないからと、入院してきたのもいる。気の毒だなぁ。

また注釈すると、かぎ括弧の漢字は「みみず」だ。「目、見えず」「めめず」となまってミミズ。酒にまつわる謂れはざんねんなことにとくにないが、「オシッコをかけたらいかん」といわれている、これはおとこのこだけだけどね。飲んで立ち小便するおっさんは注意すること。

アルコール依存症は病気の原因がわからないから、根治できる治療法はない。しかし、飲むことをやめれば、ふつうの社会生活に復帰することはできる。「飲酒をやめれば」と言うのは簡単でも、実行するのは簡単とはいえない。そのために、まず教育プログラムがあって、アルコール依存症とはどういうことか、と講義がある。自分のことというのにみなおそろしく無知で、「へえ、そういうことやったんか」といちいち口をポカンとあけて、感心して聞いている。口は閉じたほうがいいよ。

とはいっても、医者や看護師でもほかの分野だと、ほとんどわかっていないのが実情だ。ひととおりは学校で習ったはずだが、うわっつらをさらっと触れたくらい、一握りの専門医のほかは一般人と同じくらいの理解しかないから、患者の無知もしかたなかろう。それに「否認の病」、アルコール問題については、書籍にしろ報道にしろ、ひと一倍目を背けてきたはずだからなおさらだ。

講義はほかにも、抗酒剤についてや飲まないために注意することとあれこれとか、具体的に教える内容だ。「酒場、バーにはぜったい行かない」「酒屋にも行かない」、いまはスーパーマーケットやコンビニエンスストアも酒を販売していて試飲させているから、そっちの通路は避けること。

「山内センセイ、酒場にいったらあかんというのはわかりますけどね、映画なんかやと飲む場所や場面がようでてくるやろ。あれもあかんのですか」

「そやそや、酒屋もだめと言うけど、テレビみてたら酒のコマーシャルばっかりやんか。テレビもみられへんのかいな」うれしそうに言いつのっておる。

「ううむ、どうしてもその映画やテレビ、観ないといけませんかね」

山内先生は生真面目なので立ち往生、菰地先生が助け舟を出して、

「まあ、神経質になりすぎるのも逆効果やしね。画面をチラッと横目で見るくらいならだい

じょうぶでしょうね、へへへ」

ということで、飲みたくなることはしかたない。そのときに助けとなるのが、断酒の自助組織なのだ。これには二種類あって、ひとつがアメリカから始まった世界組織「ＡＡ」アルコホーリック・アノニマス、もうひとつが日本原産の「断酒会」だ。

まずＡＡから説明しよう。アルコホーリックはすでに言ったように、アルコール症患者の意味で、アル中というときもおなじ。アノニマスが中学英語くらいではでてこないと思うが、「匿名の」という形容詞で、語源はギリシャ語で「名無しの」だ。この語自体は、中学英語にはないと言ったけれど、インターネット世界を騒がしたハッキング集団が「アノニマス」、またこの題名の少女漫画やアダルトゲームがあるらしい、あるいは日本人三人編成の音楽ユニットがある、ただし「マス」の部分が「ＭＡＳＳ」だけれどね。なので、この語自体は耳新しいことはないかもしれない。

なぜ「匿名」を組織の名前にしているかというと、集会に参加するときに、匿名が条件になっているからなのだ。どこのだれかかは関係ない、ただアル中であるということだけで仲間としてつながろう、というのが原点になっている。アメリカ映画でよくミーティング場面が描かれる、発言者がさいしょに「ハイ、アイムボブ。アイムアンアルコホーリック」と自己紹介するが、このボブは本名ではない。映画のなかでミーティングの場所は、都会だと古ぼけた建物の地下の一室。なんだか秘密結社みたいだが、これはあながち冗談でもない。

アメリカで二人のアル中おとこが出会って、ＡＡができた。この時代はアルコール依存症は社会タブーであって、アル中は存在しているはずのない存在。そういう輩がなんにんも集まっているなどとは、おおっぴらにできるはずもない。ばれたら間違いなく治安紊乱で警察沙汰。まさしく秘密組織だったのだ。けんざいも入会金や会費はなく、会員名簿も作らない。入会資格は、アル中であることだけ。げんみつに表現すれば、飲まない生活を選ぶ意志のあるアル中だな。宗教宗派、政党などどのような組織、団体からも支配は受けていない。

『ビッグ・ブック』という書物があって、創始者のことばが収められている。さいしょの二人がお互いの経験を話し合って、その時間をもつことで再飲酒に陥ることなく生きていける力をえた、というのがこの組織の始まり。かれらの思索をことばにしたのがこの本で、名前のとおり分厚い。たくさんの言語に翻訳もされていて、日本語もある。

よけいなお世話だけれど、日本語訳はあんまりうまくないなあ。というのは、原書をみると、特定の宗教には与しないというものの、どうしても聖書など預言の書みたいな言い回しになっているから、これをこなれた日本語にするのはむずかしいと思う。基督教の『聖書』だって、むかしの文語訳はよかったけどいまの口語訳を読むとなんだか尻がくすぐったいからね。おっと、罰当たりなことを言ってかんにんね。

入院中に、まず街のＡＡのミーティングにいってみた。場所は、港町の中心部だが盛り場ではなく、おそらく経営者の理解があったのだろう、ある会社の倉庫の一角に設けられていた。言ったようにメンバーは平等な集まりだから会長などはいない、先輩格が世話役としてミーティングの進行役になる。ここでは、ヨシヒコくんという若い世話役がいて、温厚な語り口でけっこうインテリなのがしゃべりかたでわかる。というより、気が弱そうだなぁ。あとでおしえてもらったところでは、ヨシヒコくんは京都大学工学部電気工学科卒業の技術者らしい。やっぱりね。この日は、病院からきたわれわれ三人のほかに、おとこが八人、おんなが三人きていた。みな三十代四十代で、若い。いやこっちが年をくっているだけか。

進行は標準的なやりかたで、まず進行役ヨシヒコくんが『ビッグ・ブック』の任意のページを開いて、読み上げる。これは、その場でえいやでもいいし、事前に用意したテーマでもいいらしい。朗読が終わったら、発言したいものが手を挙げて順次、その日のテーマを意識しながら自分の酒の体験を披露する。話す内容はいろいろだが、みな真剣に語っている。聞くほうも同じように真剣極まりない。

口切りはツヨシ、短髪に刈り上げていて肩の筋肉が盛り上がっている四十男で、身のこなしと赤銅色に日焼けしていることから、大工かなにかの出職だろう。うちで酒を探して暴れているうちに階段のうえから母親を投げ落として大怪我させた、飲んでの不始末でこんなに取り返しのつかない仕業はない、と語って歯を食いしばった。

トリはアリサ、黒い髪をうしろで結って、長い黒革ブーツに赤のウールコートを羽織ってあらわれた、長身のおんなざかり。十五年をこえるキッチンドリンカー歴があって、ひとり娘の運動会と学芸会にいけなかったことを悔いていると、たんたんと述べる。姑の知るところとなり離婚、以来娘には会っていないらしい。

参加していてつくづく思ったが、こんなに真剣に語り合うことは、長いことなかったな。会社の仕事だって真面目には話しているけれど、深さがぜんぜん違う。おおげさを承知でいえば、魂を込めたやりとりがそこにはあった。

新顔には話す機会をくれるが、話したくなければそういえばいい。数人話すと一時間たって、その時点で閉会。この一時間というのは、厳守することになっている。この時間の取り決めは世界中どこのミーティングでもおなじということだけれど、これは賢いなと感心した。会社でもあるいはなにかの会合でも、時間を決めないで二時間も三時間もやるバカがいる。だらだらやって、決めることも決められない。ちゃんとした打ち合わせなら、あらかじめ一時間と決めておいて、出席者は準備して出る。それができないなら会議でもなんでもなくて、酔っ払いの雑談にかわるところはない。と、アル中に言われたくないだろうけれど、そのアル中のミーティングがメリハリある進行をしているのだった。

最後に空き缶を回して、百円ずつ集める。会費はないのだが、ミーティングにインスタントコーヒーなど飲み物と飴などを用意してあるので、その実費を参加費として出し合うことになっているのだ。会合の場所は無償で提供してくれる理解者の世話になるので、会場費は要らない。日本では、地域によりいろいろだが、カトリック教会か教会経営の幼稚園の部屋を晩に使わせてもらうというのが多いようだ。

14　断酒自助組織　断酒会

断酒会は、日本で創設された依存症の自助組織だ。アメリカ発のＡＡは戦前に始まったが、こっちは戦後一九五八年に高知市のアルコール依存症のおとこ二人を中心に作られた。ＡＡとよく似た話だが、そのはずで先輩組織を参考にしたといわれている。

それにしても高知だというのが、いかにもさもありなんと思える。友だちが、結婚相手の郷里が高知で、そこで小学校の先生になった。ほどなく夏休みに入って家庭訪問というのをすることになったので、生徒のうちを順番に回る。行くとむかしの田舎のことで、庭先の縁側に腰掛けて話するのだが、スイと茶碗をだされた。夏の陽ざしを歩いてきて喉が渇いていたのでありがたくグッと飲んだ。


「ゲホッ。ゲホゲホ」

「あら先生、見事な飲みっぷり」

「これ、酒じゃないですか」

「ええ、土佐のはこくがあってよろしいでしょ。ほほほ」

はじめの一軒だけではなく、いく家いく家どこもおなじもてなしを受けたらしい。よそのものだからと敬遠されたらたいへんと心して、ぜんぶちゃんと付き合ったが、さいわい飲めるやつだったのでぶじでよかった。昼酒はことのほか効くからなあ。

飲む土地柄だから、というだけではない。幕末の雄藩薩長土肥、あの坂本龍馬をうんだ国だから進取の気性あり、日本ではじめて断酒会を作ったのもうなずける話だ。あといえば、アル中の夫カモちゃんこと鴨志田カメラマンをもった漫画家西原理恵子さんが高知出身で、父親も依存症だったらしい。

病院では、地元の三大断酒会の協力を受けて、月二回病棟内で合同断酒会というものをおこなう。断酒会から会員が十人くらいやってきて、こっちは患者全員が参加する。人数が多いので、集会の時間は二時間だ。

見ただけで、ＡＡとは違うところがある。まず年齢が高い、みな五十代六十代だろう。男女比が違う、ＡＡはおとこ七おんな三だがこっちは九対一。

中背小太り白髪の田邊氏が親分で、出迎えの菰地先生など病棟スタッフにヨッと手をあげて挨拶している。おっと親分ではなかったな、会長だった、失敬しっけい。慣れたもので、すぐにすたすたと正面テーブルの中央に席を占める。そのあとを、おそらく会のなかでの序列順に、続いて席を埋めている。つまり、組織と役職があるらしい。

会合での座りかたも違う。ＡＡでは世話役もふくめみな平等なので、テーブルをロの字に配置して上下がない。断酒会は、会長以下の幹部席が正面上座にあって、それ以外は向かい合う形に数列になって座る。

こういう相違点は、先方から病棟に出張してきたからなのかと思ったが、こっちから向こうの会合に出かけてみたときも、おおむね変わらなかった。

出席者が自分の酒に蝕まれた過去を語る、という意味ではＡＡとおなじ議事運営だが、断酒会では会長自ら主役を張って熱弁をふるう、その時間二十分あまり。さらにそれを受けて、幹部とおぼしき櫻井氏と妻常代さんがみっちりと語り尽くす。言うならば、スターシステムというわけだ。

かんじんの話の内容だが、じつはあんまり驚いたので申しわけないがよく覚えていない。どういうことかというと、話がまことに練れていて、聞かせどころ泣かせどころの配置が絶妙、無垢な幼少時代から波瀾万丈の酒浸り人生、転落のありさまからどん底からの立ち直りを経て、いまは酒とは無縁の晴れ晴れとした晩年まで、起承転結備えて一分の隙もない。筋も練れているが、語りの緩急、声の上がり下がり、激して机を叩いたり俯いて溢れつ感情こらえたり、声音身振り交えての話芸の完成洗練に度肝を抜かれてしまったのだ。ちょっと計算したら、千回以上しゃべっているかもしれないので、そりゃあ計算いきとどいた話ぶりにはなるだろうけれど、いやあびっくりしてしまった。

続く演者の櫻井幹部は、これを称するなら泣きの櫻井という芸風で、ひょろりとした長身に似合ってしょぼくれた態度、泣きそうな表情、不器用な語り口で、だめ人間だった過去をとつとつと語り尽くす。これを引き継いだ和服姿の妻常代が、酒乱夫を災厄と心得てその理不尽にたえぬき髪振り乱しても家族をまもりぬいた苦難の半生を開陳する。そしてふたり共演の大団円、酒を捨ててそのかわりにいかに安穏平和が訪れているか、こもごもに報告するのであった。

いやあお見事、会長のときも櫻井夫妻のときも、一席おわったら患者から拍手が送られた。二時間のあいだには、せんぽうからも患者側からも発言発表があったが、断酒会の主役であるこのひとり一組のほかは、おまけの時間潰しみたいなものだった。

社会学で、ゲマインシャフトとゲゼルシャフトという概念がある。りょうほうとも社会組織なのだが、前者はひとの結びつきに地縁血縁などがあって自然発生的あるいは伝統的なかたちでつくられたもの、いっぽう後者は利害関係や組織機能を重視して人為的につくられたもの、という違いがあるとされる。独断だが、ゲマインシャフトの代表はムラ社会、ゲゼルシャフトの代表は会社と官僚組織だ。そうすると、それぞれの組織でいちばん重要だとされるものはまったく違ってくる。すなわち、前者では人間関係が尊ばれ、後者では金銭以外もふくめた利益が重んじられる。

なんの話かというと、断酒会とＡＡはどちらもメンバーが助け合って断酒という目標を達成するための組織なのだが、その編成原理は断酒会はゲマインシャフト、ＡＡはゲゼルシャフトに分類できるなあ、と勝手な感想を持ったのだった。

荒っぽいのを承知で言うと、断酒会は「ムラ型組織」で、村には長がいてそれを補佐する長老がいる。長幼の序や年功制度のような序列があって、それにしたがってメンバーの組織のなかでの重んじられかたがおのずと決まる。

いっぽうＡＡは「都会型組織」で、みなそれぞれがどこからかやってきた。だれが偉いか偉くないかということがおのずから決まってはいない、必要に応じて役割をつとめる。集まっているときは役割を果たすうえでのそれぞれの立場が決まるが、別れてしまうと解消されてしまう。

ＡＡではみな名無しの風来坊、出入り自在で来るもの拒まず去るもの追わず、組織への帰属意識がうすいきらいがありそう。かたや断酒会では、ほんとうの地縁血縁ではないのだが、それに似た感覚の組織帰属意識が働いているのではないかというふうに見受けた。この組織にいることが自分の存在意義を保証している、「断酒会あっての自分」というような言いかたが聞かれたのだ。いささか気がかりではあるなぁ。

「菰地先生、断酒会の会員、それも中心的な働きをしているほど、発表をきくと『断酒会がなくては夜も明けぬ』みたいな感じがしますよね」

「ううむ、そうでしょうかね。まあ長い人ほど、愛着が強くでるようではあるかねえ」

「見方によっては、依存の対象が変わっただけということにはならないですか。止めた酒の代わりが断酒会」

「どういうことですかね」

「だから、依存症患者は酒に人生を乗っ取られた、それが酒を捨てたけれどいまは断酒会に人生を奪われている」

「それはなんとも言えないなぁ。生きていま在る、というのが人生をうんぬんする前提でしょうしねぇ」

そうか、こういう質問を医者にして答えを求めるのは、相手が違うのかもしれなかったな。どちらが優れているか、客観的には決められないだろうと思う。どちらの組織も、わが国で患者の役に立ってきた歴史がある。自分にとって、どちらの組織がしっくりくるか、ということだろう。

じつは、両方に参加してみてＡＡのほうが性に合うと判断したので、断酒会の描写が辛口になってしまった。しかしおなじくどちらも出てみて、ＡＡは気に食わないと言う患者もたくさんいた。目的は断酒を続けることで、そのためにどちらの自助組織が居心地いいか、各自で決めるしかないだろう。

なお断酒会は日本限定の国内組織で、いっぽうＡＡはいまは世界組織でニューヨークに本部を置いて、世界百カ国ちかくに地域組織がある。もしキミが、アル中だけれど世界の舞台で活躍しているという感心なヤツだったら、ＡＡのことも知っておいたほうがいいだろうね。飲酒衝動が爪を伸ばしてくるたびに、日本に駆け戻ってくるわけにもいかんだろう、だいいちそれではまにあわないぞ。

15　病院探検

入院といえば面会。ふつうなら見舞客が花や差し入れの菓子など持ってきて、病室や寝台のまわりがはなやぐのが通例であろうが、アルコール病棟ともなると、事情が事情なだけにそういうことにはならない。やってくるのも、家族に限られる。病棟内には、面会室がある。食事時間でなければ、食堂を使ってもかまわない。

面会は入院すぐの閉鎖処遇のあいだでもできる。入院四週間経過後は、患者のほうが外泊といって週末に自宅に帰っていいので、この時期は面会はあまりなくなる。あとは退院が近くなって、その準備などでまた増える。

会社に「アルコール症により三カ月の治療を要する」という派手な診断書を出したおかげで、上役と人事部長が面会にやってきた。勤め人がわざわざ社内で公式にアル中宣言することはまずないから、例外中の例外だろう。アルコール依存症専門病棟のなかにはいって様子を見られる機会はないから、珍しそうに見まわしていた。

見送りに病棟をでて、病院のなかを玄関まで歩いていった。

「敷地も広くって、大きな病院だねえ。ひとも多いし」

「あ、あんまりジロジロ見ないように。あれは精神病棟の患者さんですから」

「わ、そうか。そうだね」


同室の田中さんが面会から戻ってきた。「殿」と話している。


「まめにこられますなぁ。奥さんですか」

「ええ、ヨメさんですわ。ようきてくれてありがたいんやけど、気ィつかんやつでねぇ」

「きょうも、いろいろもってこられとったではないですか」

「うん、着るもんとかね。それはええねんけど、荷物かかえてうち出るわけでしょ、目立つやないですか」

「そうですかねぇ」

「そんで、そのまま電車乗って来たら、どこ行っとるかまるわかりや」

「どこに行ってるか、ですか。ハテ」

「せやから、近所で評判になりますやろ。『田中さんとこの奥さん、荷物持って精神病院行ってはるんや』とウワサしよる」

「まさかねえ」

「よう見とるデ、みんな。ヨメさんには、うちの駅でこっち方向に乗ったらあかんと言うてますんや」

「こっち行きはいけませんか」

「まずうちの駅では知らん顔して逆向きに乗ってやね、反対も終点まで十分ほどですぐやからね。そっからJRでこっちむきに乗り換えたら新快速がありますやろ。これで、行き先はバレへん」


病院のある港町は大都市で、そこから海沿いに東にはもうひとつ大きな都会がある。田中さんの自宅は両都市の中間よりだいぶ東寄り、私鉄二社とJRの三路線がそのあいだを並行して繋いでいる。そこで、言うような隠密乗り換え作戦。気苦労の尽きない田中さんなのであった。

入院するまで知らなかったが、ここは本体は戦前からある病院で、旧地名が精神病院の代名詞として通用する有名施設なのだ。社会的タブーはいまも存在するので、ここに入院していることは秘密にしておきたい、という心配のタネがあるのだった。

ため息をついて天を仰いでいた田中さんが、首を横に回してあれっと声をあげた。

「これはへんやなあ」と、病室の窓を指さしている。

「外になにか見えますか」

「いや、この窓ガラスですねン」

立ちあがって、みなで田中さんの指さすガラスの右下隅を覗き込む。

「番号数字と記号がありますやろ」

「ほう、製品記号ですかね」

「これね、ふつうのと違いますんや」

田中さんは、大手硝子会社の工場で定年まで勤めていた、ガラスが気になるのは当然だ。

「この番号のんは、窓ガラスにはぜったいつかわへんのやけどなあ」

「へえ、なんに使う種類なんですか」

「自動車。車のフロントガラスやね、この番号は」

「ということは、ちょっとやそっとでは割れない」

「ああ、そうですねン。あの棒でためしに叩いてみましょか」

「わあ、いいですいいですためさんでいいです、もしものことがあるし」

「そうか、やめとこか、へーきやねんけどなぁそのくらいは」

「でも、もしそういうガラスやったら高いですよね」

「そらただの窓ガラスなんかの何倍もしますやんか」


これは不思議だということで、自由時間に三人で病院内の入れる部分をぜんぶ点検してまわった。調査結果をまとめると、この特殊ガラスの配置には顕著な特徴があって、これを使っている理由が判明したのだった。

まず、建物の四階からうえにはなかった。われわれの病室の窓はすべてこのガラスだったが、べつの部屋ではふつうの窓ガラスのところもある。アルコール病棟を出て病院内をみても、使っているところとそうでないところの両方があった。これをどういう場所ではどうなっているか、分類してみた。
その結果、ふつうのガラスのある場所は、院内通路にでる扉、隣の部屋や廊下に面した窓、それから周囲を囲まれて閉じた中庭に面している窓や扉。いっぽう特殊ガラスが使われている窓や扉は、そのすべてが建物の外に面していて屋外に通じているところのものだった。

「なるほどこれは、脱走防止のための強化ガラスでありますなぁ」
「ふつうのガラスは、割っても建物の外にはでられないところだけ」
「ほんで、四階よりうえからはまさかよう飛び降りへんやろという見当ですねんねぇ」

ジャズピアニスト山下洋輔さんは数おおく本を書いていて、そのなかに『ドバラダ門』という大部の書物がある。小説とうたってはいるが、物語の基礎になっているのは洋輔さんの祖父敬次郎氏という建築家のお仕事。これがただの建築物でなくて、鹿児島刑務所をはじめ、たくさんの刑務所の設計だった。考えれば、建物の目的、施設の性格、入所者はじめその利用者の特質を勘案したら、特有の設計思想がなければならないのは道理だ。

この本で刑務所建築という分野があることを知ったのだが、それなら精神病院もそれ独特の必要条件、利用形態を反映した特殊性があるから、精神病院建築という専門分野があって不思議ではない。窓ガラスに、その一端を垣間見ることができたのだった。

病院内を探検してまわって、もうひとつ変わったことに気がついた。建物が東西南北、四棟あって連絡通路で結ばれている。問題は、階数表示で混乱させられるのだ。たとえば玄関のある南棟でエレベーターに乗って二階でおりる。連絡通路で西棟に入ったら、壁の階数標識が四階になっている。ほかの棟にいくと、上り下りしていないのにまた違う階数にいることになっている。

「わかりにくいやんか、何階におるんかごちゃごちゃですなあ」

「もしかして、これも脱獄対策ですかね」

「おお、古い城下町は道が迷路のようにつくっておる。曲がりくねって見通しがわるい、おもわぬ行き止まりがあったり。襲撃してきた敵軍に狭いところを右往左往させる仕掛けになっておりますな」

「そやろか。ここ、山やから棟によって建ってる地面の高さが違いますやろ。できた時期もばらばらやし、下から順に階数をつけただけちゃいますやろか」

「ううむ、それにしてもなあ」

結論はでなかった。ひがみっぽいアル中のかんぐりだったかな。それにしてもアヤシインだが。

その後も「殿」は、偵察を重ねていたらしい。戦で機先を制するには、テキの弱点を知ることが不可欠なのだ。

「病院の玄関は、駅から坂を登ってこんといかんでしょう」

「あれが急なんですよね。いまでも、外出から帰ってきたとき、真ん中へんのヘアピンカーブのところで息継ぎ小休止しますもんね」

「ところが、抜け道をみつけましたぞ。ずっと下まで降りられる。そこから出たら、坂の下で駅まで三分の一の時間でいってしまいよる」

さっそくこっそり案内してもらった。それまで気づかなかったが、棟の隅に荷物用のエレベーターがあって、これは盲点だった。いつもみながつかうエレベーターは玄関階までしか降りられない。こっちのは、さらに四階分下までいくのだ。そこでおりてわかったが、ここから食事の材料やら医療機材を搬入するための通路なのだった。ひとの行き来がおおいが、みな作業着姿で、医者や看護師の姿はない。てきとうに挨拶をかわしながら進むと、外への出入口には保安員らしき顔がのぞいている窓口がある。どうしようか。「殿」はスタスタ歩いていくのでそのうしろについていくと、「や、ご苦労さんです」と会釈して、そのまま扉を開けてでてしまった。

「出入の記録帳なんかないんですか」

「あるのかもしれぬが、こっちが慣れた態度を示せばとがめられないですな」

貫禄勝ちであった。

外は配送車が何台もとまっている。標高は駅とおなじところまで下がっていて、なるほどここからなら車道をわたって駅まで二分。それからは、「殿」とＡＡにいくときや、外泊のときはここを使うようにしたのだった。

内緒にしていたのだが、みなから安田のじいさまと呼ばれている年寄りがいて、小柄でおそろしく体力がなく足腰もよわっているようで、トレッキングはいつも途中でへこたれて脱落していた。外出から帰ってくると、玄関の坂がこたえるらしく、病棟に帰りついてからもぜいぜいと荒い呼吸を繰り返している。「殿」がみかねて、抜け道をこっそり教えたのだった。


「あれっ、じいさま。まだでかけてなかったんですか」

「いや、下で止められてね」

「保安室ですか」

「そうやなくて、病院のひとなんやろかね。『患者さんのくるとこやないから』と、バレてしもてね、面目ないですワ」


行く前に指南して、「とにかくエラそうにすること。ひとにあったら、片手あげて、『ヨッ、ごくろうさん』と頷いていたらだいじょうぶですからね」と言っておいたのだが、どうやらおどおどしてしまったらしい。作戦失敗、ざんねん。

一網打尽にならなかったのが、せめてものことであった。抜け道はその後は、われわれ二人だけで使うことにしたのである。

16　アルコールとニコチン

教育プログラムの時間がある。

アルコール依存症についての知識を勉強して、理解を深める。この病気とどのようにむきあえばいいか、考えかたと具体的な手立てを教わる。その一環として、薬についての薬剤指導と食事についての栄養指導というのもある。

運営は、医師、薬剤師、栄養士などのみなさんが教師をつとめて、学校の授業とおなじ方式だ。ほかのアル中諸君は神妙にノートをとったりしているが、こういう状況にあるとウズウズしてくるのだ。むかしから、授業中に質問したり意見をのべたりしては叱られておった。「ちゃんと聞いてなさい」と怒られるが、真面目に聞いているから疑問が浮かんだりするのではないのかなぁ。

中学校に教育実習生がやってきた、飛鳥奈良時代の日本史を担当。曰く、天皇皇后が仏教に帰依して殺生を禁じた、それでわが国では肉食をしなくなったうんぬん。え、そうなんだろうか。

「お釈迦さまの教えだから、といわれただけでやすやすと肉を食べるのはやめへんでしょう」
「なんども禁令が出されたという記録がちゃんとあります。それで、日本には肉食がなくなったんです」
「わからへんなあ。なんども禁止を言わんといかんかった。つまり、やめないやつがいっぱいいるから、なんども言う必要があったんちゃいますか。そのあとも食べるやつは食べてたんちゃうかなあ」
「いいえ、禁止したからお肉は食べなくなったんです。はい、もう静かに」

泣きそうな顔で睨みつけられてしまった。

授業では、いい子はじっと聞いているのものだ。こうやって自分の意見をいったりするものだから、小学校の通信簿にはまいとし毎学期つまりサブロク十八回、欠かさず「協調性に欠ける」と書かれてしまった。

高校生になって、留学した。ＡＦＳという世界の高校生を対象にした奨学金制度で、当時は往復とも文化庁予算で太平洋便チャーター旅客機、ほぼ国費留学みたいなものだった。まだＪＡＬパックも『地球の歩き方』もなかった時代、為替は固定レートで一ドル三百六十円、在外邦人は移民のかたがたを除くと外交官、商社員、大学の研究者くらいしかいなくて、たしか総数で一万人台だったのではなかったか。

アメリカ西海岸ワシントン州シアトル郊外の高等学校に、三年生として一年間通った。それだけで卒業証書を発行してくれて、しかもそこの教育委員会管轄地域の義務教育修了というもの、つまり小中高十二年分。太っ腹だったねぇ、アメリカ。

授業でいちばん日本と違うのは、ぜんぶ英語だということ。冗談はさておきまじめに言うと、双方向方式だということだ。うちの国では授業中は、先生が講義して生徒はひたすら聞く帳面書きする居眠りする。アメリカでは、先生生徒どちらも発言してやり取り、お互いに意見を出す質問する居眠りできない。評価に「授業貢献」、クラス・パーティシペイションという項目があって、どれだけ発言したかが成績に反映される。といっても、むやみに発言さえすればいいわけではなくて、かならずしょうもないことばっかりしゃべり散らすいちびりがいる。そういうのは貢献じゃなくて邪魔、評価は下がる。

質問すると書いたけれど、先生からのお尋ねがしょっちゅうある。日本の学校だと居眠り生徒を恫喝威圧すべく「コラ、いま先生の言ったことはなにか、言うてみい」となるのだが、アメリカの先生がいちばんよく口にするのは「キミはどう考えるか」。

授業内容の理解度を聞いているのではない、自分の意見を申し述べよということなのだ。あのころの日本人の留学記を読むと、口を揃えて「アメリカの学校では授業中に自分の意見を聞かれる。これにいちばんカルチャー・ショック受けた」と書いている。いやあ、こっちはそうは思わなかった、「ほれ見ろ、授業中だって口を開いったっていいんじゃないか」。我が意を得たりというか、おおげさに言えば文化の相対性を学んだのであった。

さかのぼれば幼稚園児だったころ、うちに大学生の叔父が居候していた。なんの話だったかもう覚えていないが、議論になって「だって」とちくいち反論しているうちに、「うるさい」と張り倒されてしまった。懲りずに、なにかと意見を言いたくなるのは、「三つ子の魂」というべきか。

教育プログラムでも、しょっちゅう質問していた。

「菰地先生、依存症の人間が依存症治療をうまくできるもんですか」

「どういう意味かねぇ」

「ニコチン依存とアル中ということなんですが」

どういうことかというと、アルコール病棟では喫煙が許可されていた。年輩者がおおいから、患者で煙草をたしなむ比率は高い。病室は禁煙だが、食堂、談話スペースなどには灰皿が用意されていた。おまけに、主治医の菰地先生も山内先生もヘビースモーカーだった。看護師詰所にまで、先生用の灰皿がおいてある。

「自分が煙草をやめられなくって、ひとにアルコールをやめろと言うのはどうでしょうねぇ」

「ああ、そうきましたか、うん。いい質問ですね」

時間かせぎしておる。

「依存をつくる薬物にはいろいろありますよね。アルコール、ニコチン、麻薬のたぐい。こういう物質がもたらす依存性の強さを、ラットを使って測定した研究があります」

詳しく説明があったが、かいつまんで言うとこういうことだ。

実験動物のラットに、アルコールを大量に継続投与する。依存ができたら、実験装置の箱にいれる。中には、管の先とコックがついていて、コックを前足で叩くと管からアルコールが出る仕掛だ。アルコールの補給をいろいろ変えてみて、管から出なくなったときに動物がどれだけ執拗に叩くか、回数を記録する。この実験をほかの依存性の物質でもおこなって、結果を比較した。

「そうするとですね、アルコールの依存性はかなり強い。ところが、ニコチンはもっと強いことがわかったんですねえ。叩く回数が、ひとけた多かった。つまり、アルコールでできる依存よりニコチン依存の力は十倍以上強いらしい。これより上なのは、麻薬のなかでもヘロインくらいしかなくて、これはさらにひとけた上なんですね」

「おっしゃっているのは、ニコ中はアル中より十倍えらい、というわけですか」

「いやあ、えらいというんじゃないでしょうけどね。そのくらいやっかいだなあ、と」

先生は質問趣旨をうやむやにしたいようだったが、傍聴していたおんなの看護師のみなさんのあいだでは好評を博した。筆頭格の斎藤さんがやってきて、「もっと言ってやってくださいね」と激励されたものだ。このあと、看護師詰所から灰皿がなくなった。

もうひとつ質問事例。薬剤師から、抗酒剤の講義があった。また、アル中諸君には合併症がおおい、肝臓病、高血圧症、高脂血症、糖尿病、心臓疾患などなど。こういう病気の薬をとりあげて、それぞれについて効能効果とか有効性安全性とか服薬指導とか、つまり薬学知識だ。


「蔦さん、ひとによったら何種類も飲むことになりますよね」

「そうですね。アルコール関係だけなら、抗酒剤のノックビンかシアナマイドとビタミン剤だけでじゅうぶんですけど、肝臓とか血圧とか問題があると五種類いじょう飲まないといけないばあいもあるでしょうね」

「そういうときの『一日薬価』はどのくらいになりますか」

「え、薬価といいましたか。薬価ねえ、ううむ」


一日薬価というのは、ひらたくいえば一日に飲む薬の薬代のことだ。これを、医療従事者や医薬業界では、こう呼んでいる。業界専門用語。

じつは、勤め先の会社での所属が医薬事業部というところだった。商品は、市販薬ではなく病院で医師があつかう処方薬。こっちは理系ではないのだが、門前の小僧効果で医薬分野のだいたいの知識がある。

患者にとっては、薬学や生化学知識もたいせつだが、薬代がいくらするのか、ひとによっては切実な問題かもしれない。そう思って尋ねたのだが、わざわざ専門用語をつかったのは、むこうが慣れているだろうとおもったからだけで他意はなかったけれど、ちょっと驚かせてしまったかもしれない。

「いままで薬代の質問が出たことがないので、調べたことがありませんね。たいへん申し訳ないですが、つぎまでにちゃんとまとめてきます。よろしいでしょうか」

さいわいスパイ疑惑はもう晴れていたが、このほかにもそれまでいろいろ読んでいたアル中関係の本を引き合いに出して質問をするので、医者チームからはうるさがられてもいたようだが、入院仲間からは一目置かれるようになったのだった。

ああ、そうだ。日本の肉食について補足すると、和食の歴史研究が進んでそれによればずっと続いていたことが判明している。「くすり食い」と称して、美味いから食べるのではない、病を治すためにやむをえず口にする、という言い訳をひねり出して、殺生を禁じる戒律と折り合いをつけていた。

江戸時代までこれは続いていて、滋賀彦根藩から将軍家への献上品目録に近江牛がみられる。また、東京のＪＲ山手線田町駅のちかくに薩摩藩の江戸上屋敷があった。だいぶまえに発掘調査をしたら、豚の骨が大量に出て評判をよんだ。邸内で飼育して食っていたんだ。一橋慶喜、のちの十五代将軍がそれを知っていて、たびたび書状で豚肉を所望してくるので、薩摩藩家老の小松帯刀が困ったことを書き残している。

そういう土台があったから、文明開化の代になって解禁された途端に、大坂横浜東京に牛鍋屋が軒を競うことになった。おかげさまで、病院食でも肉じゃがやビーフカレーを、薬に偽装しなくても食べられたのだった。

17 「殿」 その一

近江国のひとだ。

閉鎖処遇の二週間を務めあげて、開放区域のふつう病室に入ったら、同室仲間三人のひとりが瀬々さんだった。一回り以上年うえで入院して一カ月の先輩、患者のあいだでのやりとりをみれば、一目も二目もおかれて尊敬されている。ここが江戸の伝馬町なら、牢名主。ドテラではなく、ざっくりしたウールセーターにカーゴパンツやジーンズ着用しておしゃれだ。細身で同世代のなかでは丈があるほうだろう。院内のしきたりなど、いろいろ親切に教えてもらったりして、意気投合した。

近江国と古い言いまわしをしたのにはわけがある。畿内でも近江は京につながる交通要衝の地で、昔から有力な豪族がいたところだ。戦国大名が群雄割拠するずっとまえから、実力派の武士団がおり有力な守護大名が支配していた。その中でも抜きん出た一族の、十何代目かの直裔ご当主だったのだ。牢名主などと無宿者や罪人と同一視するとは知らぬこととはいえ不届き千万、「そこへ直れ、成敗いたす」とは怒られなかったが、心いれかえて以後「殿」とこころえ奉ることにした。

尾張の織田なにがし、新し物好きで南蛮渡来の鉄砲なんぞたずさえて勢力拡大してきたが、ぽっと出の田舎侍がなにするものぞ、と見下しているうちに時代の勢いはあちらに味方して打ち負かされてしまった。勝敗は時の運、負けたとはいえ信長と真向勝負したことで、どれほど実力があったのかはあきらか。格下げされたが家は存続して、いまに繋がっている。

父上は職業軍人で、帝国陸軍将校として満州などにおられた。祖父君は大阪の大病院の院長などされていたとか、明治人だからもう武将気質を体現した人物だったようだ。「殿」はこのかたの薫陶篤く育っている。士族の家ならどこでもそうだったとは思えないが、戦前までは屋敷のうちには日本刀から銃器一式、武具武器がたくさんあったという。「殿」は日本刀に目が利く、銃もあつかえるのでクレー射撃などしていたとか。

幼少からお祖父に武士として育てられたので、鍛え方がちがう。こっちがさいしょ音をあげたトレッキング、体力涵養の山歩きでは、つねに上りの先陣をきりいちばんで下ってくる。いつもいっしょについて登ったおかげで、こっちもすぐに先頭を走ることができるようになった。

武士は就眠中でも、襲われたらたちどころに跳ね起きて枕頭の刀をとれないといけない、寝台からころげ落ちるなどは論外のざま。どうも、そんなこともしつけの一部にあったようだ。寝起きが悪くて朝寝するなぞは、自堕落の極と唾棄する。退院後のいまも朝六時前には目を覚まし、オートバイを岸壁まで飛ばして海をみてくるのが日課。これで医者にいって「鬱が嵩じておって具合がわるい」と訴えては、相手も困っていることだろう。

もののふの作法など、いろいろ聞いた。

「鶴の一声というのがありますでしょう」

「会社で、重役連中があつまってああ言えばこう言う、決められなくなって下役どもがうんざりしていると、社長が決断のひとことを発する。よくありますよね。べつのところでは、知恵を集めて案を練ったのに、部長が首をつっこんで思いつきであっけなく方針転換するとかのときも、そういう言いかた」

「これは、そもそも戦のときのもの。目の前の全軍に、大将が下知しなければならないので、大きな声を張り上げるんですな。鶴は首が長くて声がよく共鳴するので、大きくてよく徹る鳴き声を出しよる。そこで、大将の命令の発声を鶴の一声と呼んだわけです」

いきなり大声が出るわけはないから、小さいころから稽古するのだそうだ。

刀についての作法もある。時代劇などで、お侍が刀の手入れをするとき口に二つに折った懐紙をくわえている。刀身に息をかけないためだ。名刀を拝見するさいには、座敷に刀掛けをすえて鞘を払った刀を差し渡す。見せてもらうほうは、控えの座敷から敷居のあたりまで膝を進めて眺めるが、このときも口には懐紙をくわえていなければならないそうだ。

また、これは父上からの話だろう、致命傷を負った軍馬のとりあつかいというのも聞いた。倒れた馬体に添い寝するかたちをとって、首根っこをしっかり抱え込む。押さえ込んでおいて、脇差しで首の頸動脈を一気にかっさばくのだ。こうして愛馬を苦しめず、かつ自分の身を護る。

戦前に大阪福島に屋敷があった。大正十二年九月一日帝都を大地震が襲ったとき、東京では治安維持のため戒厳令がだされたが、大阪でも世情が不穏になったらしい。お祖父は、福島警察署に赴いて署長と談判におよんだ。警官をすぐ動員して市中警備にあたらせるよう申し入れたのだが、署長が優柔不断でらちがあかない。これはアカン、あてにならぬと見限って屋敷に取ってかえし、使用人をあつめて男衆には銃を配り、女衆には薙刀などで武装させた。これを聞きつけた警察署長は、肝を潰して飛んできてなだめたとの逸話があるという。

お祖父は医者でもあったので、科学のひとでもあった。小学校で「殿」が電気の勉強をしてきた、たぶんフランクリンが嵐のときに凧をあげて雷は電気だと証明したというような内容だろう。これをお祖父に語ったら、ある日学校から帰ると、屋敷のなかに発電所ができていた。水をひきダムがあって、水を落とすと下にある発電所のタービンが回って電気をおこす。電気はお気に入りのようで、あちこちの配電をくふうしたりしてもいたらしい。

屋敷には戦争できるほど武器があったのだが、敗戦後どっさり処分した。お祖母が琵琶湖に舟を出して、銃と弾薬を大量に湖に沈めたとか。湖には、春画も沈めてしまったらしい。もったいない。

それでもぜんぶではなかったようだ。残ったものを保持するには登録しなければならないので、書類をだすことにした。じつは、銃はひとり一丁と決まっているようだ。先祖伝来品では仕方ないが、何十丁分も届け出られて警察も困惑したという。

こういう環境のせいだろう、「殿」は機械類にたいする偏愛がある。機械といってもいまどきの電子機器ではない。ああいうものは、部品という観念があてはまらなくて、基盤に回路を焼き付けたものが一式ひとかたまりになっているから、ちょっと修理というのができない。故障した部分があるユニットをまるごとはめかえる。はしたないもんだよ。お気に入りは、たとえば機械式の腕時計。これは、まいあさ竜頭をひねって巻いてやってさらに時刻合わせする必要があるし、一日の終わりには十秒くらいは遅れる。自動式というのもあったが、これは内部に振子が組み込んであって、腕の揺れでネジを巻く。何台も持っているばあいは、身につけないやつの面倒をみる装置があって、時計をおいておくと左右に揺れている。

「クォーツ時計というのは、電池で動いて一年で一秒も狂わん。人間味がないですなあ。おまけに出たとうしょは高かったが、いまはもう千円で買える。じつにけしからんではないですか」

オートバイのエンジンや部品の調整は自分でするし、いろんな道具などは作ってしまう。入院中に、自作のガスライターを頂戴したが、側には貝殻の象嵌入りという凝った仕上げで、しかもほとんど使わず一年すぎてもぜんぜん漏れずに火がつく精密さだ。退院の前には小刀もいただいた、刃が日本刀の鋼でおそろしくよく切れる。こういうものは自分で手入れせよと、仕上げ砥をふくむ砥石二種つきだった。

写真機ももちろんフィルムを巻き上げてばちゃりと写す機械式、デジタルカメラは信用しない。携帯電話のカメラが百万画素、千万画素と聞いても、そんなものどこが面白いか。そもそも携帯電話は持っていないのであった。

18 「殿」 その二

三度目の正直だった。

「殿」は学校を出てから、郵便局や出版社に勤めた。そのせいか、たいへんな読書家だから教養人でもある。その後、港町に移って印刷所を経営していた。役所の仕事がおおかったので役人の生態に詳しい。地元の有力者と交流していて、日本でさいしょに日中友好協会がこの街にできたとき、創設に加わった。古くからあったステーキでも知られたバーの親父とも昵懇だったので、店をたたんで郷里のテキサスに帰るときに、そこの年代物のどっしりした椅子を譲っていったとか。これは羨ましい。

そこに大震災が起きた。印刷所も甚大な損害を受け、酒量がますます増えることになった。追い討ちをかけるように内臓の癌が見つかって、大きな病院で手術をしてからくも一命をとりとめたのだが、そのときの医師団がアルコール依存症に気づいて、これは治せるだろうと、いまの病院に紹介してくれたのだった。この病院のアルコール専門病棟というのが、まさに被災者に依存症が増えたことを受けてあらたに設けられた施設だったのだ。だからいまでも、「命拾いしたのは震災のおかげであります」と述懐している。じっさい、大地震がなければ酒の量がいちどに増えることはなかっただろうし、最先端の治療ができるアルコール病棟もなかったわけだ。じわじわ依存症がすすんでいって、人並み優れて頑健であっても六十まではもたなかった公算が高い。

ところが、さいしょの入院はとちゅう中断することになった。外泊で年末からうちに帰った。正月には、一族の当主の務めとして、武家の守神八幡大明神に御神酒を供えて土器に受けて飲み干す儀式がある。これを病院に戻ったときに申告したところ、飲酒再開という判断をされて、強制退院をもうしわたされたのだった。神儀と飲酒とは違うだろうとおもうのだが、担当医師の判断では仕方ない。

断酒していたのに酒の世界に舞い戻ることを、英語でスリップとよんで、日本語でもこの言いかたをする。滑るという意味で、自動車が濡れた路面で滑るというときの表現でおなじみ、おんなの下着にもむかしそういう名前のものがあったけれど、あれもナイロンやシルクなど滑る素材だ。固い学術用語でないぶん、再飲酒をこう呼ぶと、英語ではいかにも情けない響きがするのだった。「つい出来心で」なんていう台詞とお似合いな感じ。

そのあと、病院も杓子定規を反省したのだろう、再入院することになった。ところがこんども、邪魔が入る。喉頭癌がみつかったのだ。依存症治療は後回しにして、治療を受けることなって転院。手術はうまくいったが、のどの組織をとったので、しゃがれ声になってしまった。鶴の一声を聞かせることはもうできなくなった。はじめて会ったときに「むかしはええ声やったんですけどねぇ」と言っていたのは、こういう事情だったのだ。

予後もよく、しばらく静養したあとで三度のお目見得となったのが、こっちの一カ月前というわけだった。先生陣も「こんどこそ大丈夫でしょう」と言っていたが、ひじょうに珍しい例だろう。


「殿」はおのずから備わった風格であたりを睥睨して、困っている輩がいると要所ようしょ助言したりしている。病棟患者の精神的支柱のような存在だった。かたやこっちは、両親が近江から山を越えた伊賀上野出身で、父方は地元の神社の神官だった。それに、授業でしょっちゅう発言していたので、入院仲間から一目くらいはおかれた存在。

「病棟内では『殿』は武官で、こっちは文官でしょうかね」

「武官と文官でありますか、ほっほっほ」

各種プログラムは時間厳守で、よく「ちょっと便所にいってからすぐいきます」などと、先生や看護師をさしおいて「殿」に申し出ているやつがいた。「殿」の姿がみあたらないときは、それを聞くお役目がこっちに回ってくる。へへぇ。

仲間のアル中諸君からはよく「ふたりを見ていると、入院生活が楽しくってしかたないみたいですねぇ」と言われたものだ。なに、ほかのみなさんも、アルコール病棟という言葉でふつう想像する状態とはまるで違って、明るい。きっと、ここでは気を遣わずに自分のことや酒のことを語れるという安心感があるからに違いない。とにかく快活で、昔の呑んべい時代のことから家族や仕事の失敗談などもあけっぴろげによく話をする。そんななかで、ひときわ機嫌よくやっているように見えたのは、好奇心旺盛だったからだろう。病院内を探検してまわったり、医療チームの仕事ぶりなど目新しいことばかり、文字どおり日々是新でふたりとも退屈している暇などないのだった。

退院したあとも、一カ月二カ月にいちどはお会いしている。おなじ時期に入院していた患者のなかでいまも飲んでいないのは、わかっている範囲ではこのふたりだけ。とうぜんスリップしたのもおれば、亡くなってしまったひとも少なくない。入院期間中は顔ぶれが入れ替わっていって五十人は入院仲間がいたはずだから、ひとりあたり二パーセント、ふたりで四パーセントの歩留まり率ということになる。

みな、退院しても定期的に通院したほうがいいと薦められる。抗酒剤を処方してもらう必要もあるからだ。「殿」は、退院直後はこの病院に通って菰地先生とつきあいを続けていたが、だいぶあとになって街のクリニックに代えた。聞くと女医さんで、若菜百合先生という名前。源氏名かいな、名前にも驚いたが、アル中のことをまるで知らないのではないかと疑われて、いろんな話をするのだが「なにを言っても感心ばかりしておる、頼りにならん」と言う。それにしても心療内科でこの名前は不都合なんじゃないか、本名に違いないのでよけいなお世話だけれど。むこうは「殿」の話が面白くて二週にいちどの診療を楽しみにしていたらしいが、おそらくこっちのほうが飽きてもういっていないらしい。

飲まないけれど夢はみるという。

「このあいだ、飲んだ夢を見て目が覚めましたぞ」

「あ、断酒しても夢で飲むという手がありましたね。これは名案かもしれん。夢のなかでもうまいもんですか」

「それが、飲んで『しまった』と悔やむところから夢がはじまったのですな。飲んでいるところはない。けしからんですなぁ」

「いやはや、ご愁傷さまといっていいのかどうか、ねえ。ククク」

いまも、オートバイを飛ばしているという。

「前科のひとつもない人生とは詰まらんもんですからな、捕まえたかったらやってみろ、とぶっ飛ばしてみる」

「捕まりませんか」

「たまに止められるところまではあるのだが、『気をつけて走ってください』だけでおしまいですな。なかなか策略にかかりませんぞ」

きっと思惑ありそうなしゃべりかたをするから、ざんねんながら警官も用心するんだろうとおもわれる。

こういう家系なので、歴代当主の亡くなった年齢はずっと遡って判明しているという。ついこのあいだ、過去にいっとう長生きだったご先祖の歳に追いついた。

ご先祖さまはみな長患いとは無縁で、死因は心臓か血管系、ある日コロリと亡くなるという。歴代当主のなかには、屋敷の庭の池に小島があって、そこに陣取って女中に銚子を持ってこさせては、柄杓で水をすくって火照りを鎮めつつ飲むという習慣があったものもいた。女中が間をみはからってお代わりを運んだら、その前のときにはご機嫌うるわしかったのに、もう事切れていたという。女中さんには気の毒だが、これは酒飲みの本望だっただろうな。そういう話をしながら、「ひとが統計に勝つことはできませんからな、もう長くはなかろう」と元気な口調で言う。そろそろころあいをみはからって、いつ飲もうか、なにがよかろうと考えるのだとおっしゃるのだった。

19　蔵元さん

そんなにひとは飲めるものか。

すこし遅れて蔵元さんが入院してきた。太い首、肩から腕もぶあつくがっしりしてさほど背は高くないが頑丈そのものの体格で、いるだけで威圧感がある。寡黙で、食堂や自由時間の雑談の輪には加わらないし、プログラムのときもほとんど発言はしない。ところが、こっちとは口をきくようになった。「殿」ともよく話するようになったが、話相手はこのふたりだけのようだった。ほかの患者仲間は、なんとなく怖がって話したがらない。

入院患者のあいだのお決まりの話題はどんな飲みかたをしてきたかで、この話になるとみな嬉しそうにはたまた自慢気にいろいろ喋る。飲んだ結果ここにたどりついたことを考えると、喜んでいられないはずだが、話が通じる安心感があるからにちがいない、多弁かつ生き生きとした描写になる。これでお互いに、なにをどのようにしてどのくらい飲んできたのか、わかりあうことになっていた。

この連中のあいだでは、たくさん量を飲んだのは自慢にもならない、ちょっとひねったネタになる。たとえばこういうのがあった。アブサンの作法。アブサンはフランスの酒だが、本物は二十世紀はじめに製造禁止となっている。こっちのは国産品だ。これを飲むにあたっては、角砂糖と水とナイフを用意しなければならない。アブサンを注いだショットグラスのうえにナイフを横に差し渡す、そこに角砂糖をひとつ置く。うえから水をそろりそろりと垂らすと、水をくわえた下の酒が白く濁る。こうして調合したものを、チビチビとやるのだ。

「いや、ぐいぐいと三口ぐらいであけないといかんでしょう」「火を点けてもええんやで」とか喧しい。水をいくらか加えているとはいえむかしの国産品は六十八度もあった。「喉が焼けるから、チェイサーはウイスキーのストレートがちょうどええんですねぇ」という無法な飲みかたをしていたやつもおったな。

アルコール依存についてはおそろしく無知なくせに、こういうことになるとみなそれぞれにじつに詳しいのであった。

蔵元さんもこういう話題になると、重い口がすこし軽くなる。生まれ育ちが熊本で、郷里を出てからはながく関東にいたので、飲むのはほとんど焼酎だという。居酒屋にいくとかならずカウンターに陣取って酒を注文する。目の前にコップが出て店のお兄ちゃんが瓶で焼酎を注ぐと、すぐ右手伸ばしてわしづかみして一息で飲み干すんだという。飲んだらあいたコップをコンと置いて、すぐに次を注がせる、また一息で完了。これを三杯まで続ける。手練の早業、まさかそんな飲みかたをできるとは思えないので、空のコップを見て店員はまだ注いでいなかったと思い違いして、慌てて注ぐこともよくある。そういうときは、三献でなく四杯五杯まで行くこともあったとか。

「飲むのはそこからじゃね」
「うわ、焼酎でしたよね」
「飲むのは焼酎だけ、三十五度のがぐあいよいんじゃ」

一時間で一升瓶一本やっつけていた。あとは懐具合に任せるが、三本までは大丈夫だった。清酒で一升酒は、ここに入っている連中のあいだではさほど珍しくないが、清酒の度数は十六度前後だから、焼酎になるとおなじ一升でもアルコール量は倍以上ある。大酒飲みといっても桁違いだ。アメリカのジャズマン、チャーリー・パーカーは舞台に上がるまえジンを一本ぐびぐび開けてから演奏しにいって、戻ったらまた飲み続けたなどと伝記にはあるが、うちの国の人間でそういうのと張り合える輩がいるとは思ってもみなかったなぁ。

日本人離れしていて、蔵元という名前負けしていないのであった。

郷里を出てからは東京に行って、料理屋の板前をしていたとか。ひとところでは続かない、というわけは店の酒を飲んでしまうからだった。その飲みかただと、それは店だってたまったものではなかったろう。ほかには、川崎の泡風呂屋さんで呼び込み兼用心棒みたいなことをしていたこともあったらしい。

「用心棒って、ふつうその筋の受け持ちじゃないんですか」

「あいつらはほんとの喧嘩になったら弱いんじゃ。役に立たん」

ほんとのところはしらないけれど、たしかに蔵元さんならチンピラなんかよりよほど迫力があっただろう。

しばらくまえに上方に移ってきて、ここに入ってくるまえに、おなじ県下のべつのアルコール症専門病院にいたことがある。飲んでいて倒れ、身元が確かめられないし所持金も乏しいので、福祉担当の方が奔走して入院先を見つけたようだ。

ところが、その病院は治療方針がちょっと古いようだった。

「駅の近所まで出かけて、飲んで帰ってくると怒りよるんじゃ」

「ここでも怒られますよ、それは」

「こっちは、来たときにそれは教えてもろうた。あっちは説明もせんといきなり怒って、電気かけよるんじゃ」

「え、電気ショック療法をする病院だったんですか」

「電気はおとろしいぞぅ」


戦後からしばらくのあいだ、そういう療法が流行ったことがあったらしいとは、物の本で知っていた。当初の抗酒剤を使った治療とおなじ考えかたで、条件反射を形成しようというものらしい。つまり、アルコールを摂らせて酔っているときに電気ショックを加える、これを適宜繰り返すと飲酒と不快経験が混在して身体記憶になるので、飲みたくなくなるはずだ。理屈ではそうなるかもしれないが、たいして効果がないとあまりおこなわれなくなったように理解していた。これはこっちが知らなかっただけで、ほかの患者連中に訊くと、まだやっているところは少なくないらしかった。

蔵元さんにすれば治療ではなく懲罰だと受けとって、なんどかこういうことがあったので、ある日脱走を図って成功したのだった。しかしまた盛り場で飲んでいて倒れてしまった。こんどは怪我をしてひどく出血したので、救急車で病院に運ばれたのだった。

「声がうるさいので目をさましたら、横の寝台でおねえちゃんが悲鳴あげとるんじゃ。よくみたら片脚ぐちゃぐちゃで、あれは痛かろう」

と言う本人も血だらけの大怪我。さいわいなことに、こんかいも前に世話になった福祉のひとに発見されて、こっちの病院に入れるように手配してもらったのだった。

この病院はみなよくしてくれるし菰地先生もいいセンセイだから、三カ月終わるまでは我慢して飲まんと言う。退院したら飲むんですかと尋ねると、

「ほかにすること、ないじゃろ」。

「殿」も、蔵元さんが断酒するはずはないだろう。ある意味正直な生き方のひとだから、あれはもう仕方ないな、という見立てだった。

友だちや家族はいないときいたが、毎週末、朝から街に出かけて夕方帰ってくる。どこに行っているのかと思ったら、ガード下のあたりにある将棋道場だった。勝ち負けはどのくらいか、内心侮って尋ねたら、

「ほとんど負けんぞ」

「強い相手がいませんか」

「いや、みななかなか指しよるが、めったに負けはせん。ひとりだけ子どもじゃけどプロを目指しとるのがおって、こいつとは分がわるうてな、ちょいちょいしてやられるんじゃ」

長じてプロ棋士になるかたがたは、まだ小学生のうちにまわりに勝てる大人がいなくなるということだが、ということは蔵元さんの腕前はアマチュアの高段者クラスということか。この点にはアルコールの害が及んでいないのか、不思議なことではあった。

将棋道場がよいのほかにもうひとつ、習慣があった。アルコール病棟とおなじ北棟に売店がある。まいにち朝の自由時間にそこで缶コーヒー二本を買って、横にある休憩スペースのテーブルに座ってくつろいでくる。ここは病院全体の共通施設なので、精神病棟ほうからもやってくる。

その日も日課の休憩から帰ってきたが、えらく御機嫌斜めだ。わけを聞くと、めずらしくみんなのまえで話し始めた。きょうもよく顔をみかける十代のおんなの子ふたりが隣のテーブルにいて、声をあげてはしゃいでいたが、ひとりのほうが手を滑らして缶ジュースを床に落として中身をこぼしてしまった。買いなおす金がないようでしょげているのをみて、蔵元さんがまだ開けていなかった缶を持って、あげようとしたという。

「わしの顔みあげて、いきなり『キャァ』言うて叫んで、逃げていきよるんじゃ」

「怖かったんちゃいますかねえ」

「なにが怖いんじゃ、せっかくさらのをやる言うとるのに」

「きっとあっちの病棟では、むこうの患者に『北棟にはアルコール病棟があって、アル中という酒を飲んで暴れる怖い人がおるから気ィつけや』言うて教えとるんちゃいますか」

「むこうのほうがアタマ変になったおかしいのがいっぱいおるじゃろ。怖がるのはこっちのほうじゃ」

みな情景を想像して笑うのだが、蔵元さんの鬱憤はおさまらないのであった。

精神病棟とアルコール病棟でみんながみんな、お互いに怖がりあっているわけでもなかった。こっちの患者でむこうに人気があるようだったのが、いちばん若い手塚くんだ。二十八歳の大工で、親方が父親で大酒飲み。まいにち酒をつきあわされているうちに、気の毒に依存症になってしまった。母親が心配して、こっそりここに連れてきたという。素直で明るい好青年で、レクリエーションの時間に体育館でバスケットボールやバレーボールをするときには、エースとして活躍していた。そうするとむこうの病棟からおんなの患者がなんにんも観戦にやってきて、手塚くんのプレーのたびに歓声をあげるようになった。ちょこっと寄ってきて話しかけるやつもいる。ファンだよ、うん。

ねんのために言うと、暴力行為や賭博などの禁止事項のなかには、院内での異性患者との交際という項目あった。

蔵元さんはここを出たらふたたび福祉のかたの手配で公営住宅に住める、と喜んで退院が待ち遠しい様子だった。「殿」がその退院後の住処を訪ねていくと、部屋はきれいに片付いていたが酒瓶とコップがちゃんとある。また飲みはじめたのか訊くと「ほかにすることないじゃろ」と、やはりこたえは変わらない。しかし、二週間にいちど診察と薬処方に病院に出頭するのだが、「その前の日は酒はやらん、飲んだら菰地先生にわるいじゃろ」と無邪気に頬を緩めていたとのことだった。

20 「酒道有段」

酒の道には段ありという。

お隣の国の詩人趙芝薫というひとが書いた詩だ。長いものではないので、全文引用しよう。

「酒道有段」

酩酊のほどにより酒歴と酒力おのずから顕わる。

酒酊また教養、酒道に段有るを識らざるべからず。

不知酒（論外なり）

不酒　飲めなくはないが飲まぬ

畏酒　飲んで恐れをなす

憫酒　酔ひて後悔す

不到酒（勘違ひ）
隠酒　金を惜しみ独り飲む
商酒　実利有れば奢って飲む
色酒　性事の扶けに飲む
睡酒　眠るために飲む
飯酒　食が増すとて飲む

酒道
初段　酒卒・学酒：酒酊の境地を習う
二段　酒徒・愛酒：酔の興趣に遊ぶ
三段　酒客・嗜酒：酒味にぞっこん惚れ込む
四段　酒豪・耽酒：酔の技を会得す
五段　酒狂・暴酒：酒道に修練す
六段　酒仙・長酒：酒道 味に入る
七段　酒賢・惜酒：酒を慈み人の情に感ず

八段　酒聖　楽酒：酒有りて悠々自適す
九段　酒宗　観酒：好むがすでに飲まず

極意・涅槃酒・廃酒：酒により他界に去るが如くになる

すなわち冥界のこと入神の境地にてとやかく申すべからず

そもそも入段以前に、七種類の態様がある。飲むのにおそるおそるだったり飲んで後悔するようでは話にならん、なるほど。また、何かのために飲むのは酒飲みとは認めない、なっとく。

初段から三段くらいは酒を愉しんでいて、酔いを会得すると四段の酒豪になる。そこから止まらなくなって、五段六段でアルコール依存に突入した模様だ。長酒とはアル中の証拠、連続飲酒そのものではなかろうか。ここまでが、起承転結の前半、起と承にあたるであろうか。転、七段から転じて、だんだん飲むことが減ってくる。結、さいごに酒道をきわめると涅槃酒となって、つまり亡くなってしまってはもう飲むこともなくなる。

現実の大酒家も、アル中になることなくぶじ齢を重ねてくると、以前ほどは飲めなくなるようだ。友人の恩師が喜寿を迎えられて祝いの宴を教え子が設けた。若いころから酒豪でならしていたが、この日も盃をゆっくり重ねてご機嫌のご様子。友人が「あいかわらず召し上がりますなぁ」と声をかけると、センセイ、左手の盃をかざして「こっちのほうも」、こんどは右手の小指を立てて「あっちのほうも」、ニヤリとして

「にごうはもうとてもとても」。

段位でいえば七段八段あたりであろうか。

入院仲間のあいだでなんにんかにこの詩を見せて、あれこれ言い合ってみた。みなさんの意見でも、

「何かのために飲んでいるようではひよっこ。有段者は酒を酒として飲むようでなくてはいかんでしょう」ということになる。

「だいたい酒を飲むのに、食い物のことや酒の種類がどうのとかごちゃごちゃ言うやつ、グ

ルメとかいうのはうるさい。飲むときは黙っとれ言うんや」

「飲ませて口説こうというやつは、あんまり自分は飲めへんねン。そんなんは飲み屋にこんといてほしいワ」

とか、思い出して怒っておった。

しかしそれはそうなのだが、患者の多くは、そういう風にアルコールがただ好きなので飲んでいてこうなった、というひとがじつは少数派なのでもあった。多いのが、職場の人間関係に問題があって、反りの合わない上役がいて酒で鬱憤を晴らす、それと同工だろうか、人づきあいが苦痛な性質を酒でごまかす、などなど。とにかく、酒そのものが飲みたかったわけでもなくて、なにかの不都合をやり過ごす手立てに飲酒していたというのが、全体の七割くらいはいたようだ。

医者による分類では、酒が好きで飲みすぎた群をプライマリーグループ、ほかに飲む原因があった群をセカンダリーグループと分類するという。

「菰地先生、セカンダリーは自分でも褒めた飲酒態度ではないから、アル中になりやすいんでしょうね」

「ううむ、プライマリーもアル中になってしまっては、忸怩として褒められたもんじゃないでしょ。自慢にはならんねぇ」

「そう決めつけられては、おっしゃるとおりですが。でも、セカンダリーグループのほうが患者が多いわけでしょ」

「はっきりした統計がないけれど、たぶん依存症の数でいえばどっちも同じくらいじゃないかなぁ。ただ、セカンダリーグループのほうが、まわりとトラブルになることが多くて、結果として入院するのが増えるんじゃないかと思うけどねぇ。どうでしょ」

　どうでしょとこっちに訊かれても困るが、なるほどね。しょせんどっちもアル中にかわりがあるわけではないのであった。うへえ。

21　ご婦人のみなさん

おんなの患者もいる。

三十人くらいいた入院患者のうちの三人、一割がご婦人だった。三十年ほどまえに、主婦のあいだのアルコール依存が取り上げられるようになって、家で隠れて飲酒するキッチンドリンカーが問題にされた。そのあと外で飲むおんなのひとが増えて、依存症も多くなっているとみられている。一般的には身体の大きさと薬物への耐性は比例するので、おなじだけ飲めばおんなのほうがおとこよりアル中になりやすいとは言えるようだ。

アル中ということではないが、勤めていたのが酒の会社だったのでみなよく飲んで、酒豪にはおんなもおなじぐらい多かった。しかも美人ほうが酒癖が悪い、あれはどういうわけだったんだろうか。からむ、泣く、叩く、怒る、社員旅行のたびに風呂場で裸であおむけに大の字になって寝るやつ、みな美人。おとこより世話がやけるぶん、目立つのかもしれない。

入院当初に目立っていたのは、若いご婦人だった。すらりとした美形なれど、男女問わず誰とも交わらぬので情報がない。「殿」が調べ出したのは、裕福な歯科医のお嬢さんでさる国立大学農学部の大学院在学中とのことだけ。それでも周りとは一切口をきかない相手を、よくそこまで分かったものだ。入れ替わりのように無言で退院していって、後に残ったのは「マッターホルン」の呼び名のみ。アルプスにそびえる孤高のすがた、尊称と言うべきだろうか。

留さんは、患者のなかで最年長だった。全体に体が弱っていたようで、八十歳くらいかと思ったがじっさいは七十四歳、だいたいアル中はみんな不摂生と栄養不良で老けてみえるものだ。入院のときだけ家族がやってきたが、あとは面会にだれも来ない。家で厄介者あつかいされているらしいが、もう飲むといっても銚子が一本か二本。そのくらい好きに飲んでもらえばいいのにとも思うが、気の毒であった。

おとなしくしていて世話はかけないが、ひとつだけ困るのはちょくちょく失禁することだった。小水のほうは、まあ病院ならよくあることで、つど看護師のだれかが始末をしていた。いちどだけ騒ぎになったのは、風呂場で大きいほうを漏らしてしまったことがある。このときは看護師総出で掃除をしなければならなかった。

ただ、失禁というやつについてはアル中連中は、歳に関係なく、みな体験豊富だ。自由時間の話題では、それぞれ経験を披露し合っていたものだった。小のほうはおとこなら立小便という緊急避難用伝家の宝刀があるのではあるが。

「電車のなかで、駅までがまんが利かへんかった。吊革もったままの、これが文字どおり立ち往生やったで」

「ああ、それはありがちやねぇ」

「飲み屋で、油断して便所までもたんかったこともあったなぁ」

「外まで走って出たらよかったんちゃいますか」

「いやあ、振動や力がはいったらあぶないおもてそろそろうごいてみたんやけど、無念出してしもうた」

「そやねん、機会を見誤ったらもう動かれへん」

「進退谷まる、言うやつですねえ」

「バーのカウンターでやってしもうたことがありましたねえ。隣にいたその筋っぽいのが不穏を察知して、『にいちゃん、なんしとるんや、おら』と凄んできたんで、『ウンコ出たんですわ。ホラ』ぺたんとつけたったら、うわ、言うて逃げていきよった。圧勝やね。店には平謝りでしたけど」

「むちゃするなあ、凄んだやつのほうが気の毒や」

わあわあと嬉しそうに盛り上がって、なんともしようのない連中ではあった。

「殿」は、鍛錬の足らぬやつらだ、とこういう話のときは機嫌が悪い。

弘江さんは市内でスナックをやっている。店のママさんらしく、ひとあしらいはうまいものだ。自分の依存症については、「仕方ないわねえ、あれだけ飲めばねえ」とさっぱりしている。おとこはアルコール問題があると認めたあともなにがしか屈託を抱えていることがおおいようだが、こういうばあいでもおんなのほうがこうと決めたあとは度胸が定まるものかもしれない。

面倒見がよいタイプで、もっぱら最年少患者のかほりさんの世話をやいていた。というのは、二十歳という年齢だけでなくたいへん気の毒な事情があったからなのだ。資産家のお嬢さんで、結婚して子どもにも恵まれた。ところがようやく歩けるようになった息子さんと公園に散歩に出かけて、目を離したすきに子どもが車にひかれて亡くなってしまったというのだ。それでアルコールが逃げ道になったのだろう、精神も不安定になったようで、こちらの病棟にくるまでに思春期病棟で治療を受けていたらしい。

表情がどんよりとして動作も鈍いが、どうやらこれは薬のせいであるようだった。躁病などでは、興奮状態におちいらないように精神活動を抑制する薬を処方する。「殿」が気にかけて、ああいう薬ではどうにもならんでしょう、と言って、食事のときにはときどきいっしょに席をとって話しかけていた。菰地先生にもなにか相談したのかどうか、そのうちかほりさんの様子が、表情が出るようになったり弘江さんと笑い声を上げたりするようになった。たぶん薬の量を減らしてもらったようだ。

アルコール障害のうちセカンダリーといわれる、生活上や社会的になにかの問題におちいってそれを解消しようと酒の力を借りることで依存になったので、そういう意味では入院患者の多数がそういう類型にあてはまる。

「飲んでもなんにも解決にはならないよ」。そのとおりであるし、また病院で教えてくれるのはそこまででしかないとも言える。回復への道は自分への信頼を取り戻すところから始まるわけで、そうであれば、あまりに自明の言葉に思えても、「飲んでもなんにも解決にはならないよ」と自ら深く納得できなければならないのかもしれないのであった。

そこで面倒見役を引き受けていた弘江さんは挙措落ち着き、思慮貫禄があってご婦人がたのまとめ役でもあった。ハキハキとした物言いで、「殿」とも気があっていた。ところがある週末自宅泊からもどった「殿」から驚く話を聞かされたのだった。家に帰って「殿」の荷物を整理していた奥方が、「あれっ」と声をたてた。見ると、指先に封筒をつまんでひらひらさせ、ニヤニヤしている。受け取って便箋を開くと、冒頭のいちばんに

「あなたの松っちゃんより」

とあった、弘江さんからで、名字が松田なのだ。

「日ごろとは似合わず手紙とはご婦人らしいしおらしさでありますなあ」

「フン、アホらしい」

と「殿」はとりあわなかった。

ケイコさんは、垂水の専業主婦で、おとなしく喋らないぶん、はたらきもの。ガラス職人の田中さんがなぜか気に入って、いつも

「ケイコ、ケイコ」

と呼び捨てでかみさんがわりにあれこれ用を申しつけていた。機嫌よくやっていたから、ほかの連中もちょくちょく頼み事をしていて、いいひとであったなあ、「みなさんのケイコ」さん。

ご婦人は、こうして入れ替わりつついつも三人はいて、全体の一割を占めていた。

22　「肝組」と「脳組」

　ケンちゃんと呼ばれていた。

本名は能登猛。身長百五十センチ台半ばくらいだったか、入院してきてすぐに、洗濯に尋常でない熱意を燃やすのが判明して、あだ名がケンちゃんに決まった。むかしアダルトビデオというものが流行り始めたころ、御用聞き仕事で家庭に出入りして、奥さんたちとよからぬことに励むという設定の作品が大ヒットした。シリーズ名は「洗濯屋ケンちゃん」、男性週刊誌はこの話題で賑わっていて、とうじのおっさん連中はみな題名は知っていた、おとこたちはしょうがないもんだねえ。

　うちのケンちゃんは最初のころから、空いている時間は洗濯をしていた。ひろい洗濯室があって、自動洗濯機が四台並んでいる。その前の空間は乾燥物干し、縄が張られていて、それに洗濯物をひっかけてひろげる。

　授業などのない時間は、洗濯室が居場所で、もくもくと作業していた。こうじてくると、教室に来なくなって、洗濯している。トレッキングもサボるようになった。昼間だけでなく、夜間も洗濯機を回している。

洗濯室はゆずりあって使うことになっていた。空いている洗濯機をつかい、空いている空間に干すということを順繰りにやっていた。ところが洗濯衝動が抑えきれなくなるまでこうじたのだろう。

「あー、わしの洗濯物、床にほかしたんは誰や、わあ。」

ひとの使っている洗濯機は、中身を外に出して自分のもので洗濯始める。物干しも同じく、すでにかけてある衣類を外して床に落とし、その後に自分のものを吊るしている。

ことここに至ると、先生と看護師さんたちに抗議が殺到した。ことに、自分の着物をゴミみたいにゆかに捨てられた連中、患者全体のほぼ半数が被害者。なおあとの半数は、ここで洗濯しないで、自宅に家族に持って帰らせておる。サボりやね。

洗濯機と乾燥場の利用時間を時間割にして、利用者に割り振った。これは案の定、機能しない。なにしろケンちゃん、まるで時間割を守らない。けっきょく週一日をけんちゃんの日として決めたら、これは守るようになったが昼間だけ。夜は深夜も洗濯機を回すだけでなくて、そこらじゅう空いているところは、ケンちゃんの洗濯物で埋め尽くされた。窓の外、格子のはまっている部分にも干してあって、窓が開けられないのにどうしてそこに干すことができたか、未だに謎だ。もう一つ謎は、なんであれだけ洗濯物があったのか。本人の服装はTシャツとジーパンだけだった。適宜きがえてはおるようであった。

もとから口数が少なかったのが、こうなってくると他の患者とは険悪な状態になってしまった。おたがいそっぽ向いて口も利かない。先生方が決断して、ケンちゃんは隔離病室に収容されてしまった。

「菰地先生、こっちもケンちゃんにいろいろ話しかけてみたんですが、へんじがもらえない、会話にならへんですね」

「ああ、脳組やからねえ。だいぶこじらしているねえ」

「え、なんですかその『脳組』いうのは」

「あ、聞こえたか、わわわ」

「いまそう言わはったやないですか」

「ううむ、しまったね。あまり言うてもらっても困るんやけどね。患者さんにいちぶ、『脳組』と言うべき人がおって、もういっぽう、肝臓の『肝組』がおるのね」

アルコール依存症患者は、もちろん肝臓をいためる。会社などの健康診断で、血液検査でよく出てくる項目にガンマＧＴＰというものがあって馴染みの名前だという方は多かろう。この数値が七十、八十くらいまでは問題ない。酒豪だとこれが二百、三百と三桁に上がって、お医者さんからは、節酒してくださいと言われるようになる。しかしじつはその程度はどうというほどではなくて、四桁にだってなる。入院仲間には何人か経験者がいて、記録は三千、四千。こうなると、倒れて担ぎ込まれることになったという。それでも肝臓は頑丈な臓器で二週間も断酒のうえ食事で栄養をちゃんと取れば、健気に正常な値に復元する。とはいえ飲食復活してまたむやみに飲めば、遅かれ早かれ肝硬変に足をふみいれる。肝臓組織が石化するもので、これは不可逆的、つまりもう元には戻らない。ここに至るまでに、なんとか断酒ほか手を打たないといけないのだ。たいていのアル中はこっちの道をたどって、医者からはこっそり「肝組」と仕分けされるのだ。しかしごく一部だが、肝臓が持ちこたえる連中がいるという。

「すごいやないですか、肝硬変に至らない。どういう仕掛なんでしょうね」

「そう喜んでもおれないのよね、これが」

「どういうことですか」

「肝臓は持ちこたえるけれど、こういう人は脳をやられるのね」

「脳組」の脳のCT画像を何枚か見せられた。脳の中央に脳梁があって、その両側の右脳左脳がやせ細ってしまい、中央部分は空間になってしまう。素人が見てもうわあという状態だった。

これも不可逆的に進んでもとにもどす手立てはない。症状は人により千差万別、コルサコフ症候群という名称にまとめられて、多いのは妄想型だとか。そういえばあれがそうかというひとが、行きつけの居酒屋の常連におったよ。普段おとなしいがしっかり出来上がったら得意の戦争中の手柄を話し出してやまない。いうところによると、戦闘機乗りで撃墜王。空中戦の様子を、操縦技術の詳細も加え、迫真の描写をする。話が始まるとみな、傾聴するしかないのだがゆいいつ問題は、こやつ、戦後生まれなのだった。

隔離されていたケンちゃんは、ほどなく姿を消した。ここは施設全体としては大精神病院で、しかるべき受け入れ先があったようだ。

23　退院へ

三カ月経てばみな退院する。

三カ月というのは、「教えられることはぜんぶ教えました。これからは自分で闘ってネ」ということであるのだ。うちの国ではどこの病院でも、この入院期間はおなじ。どうしてそうなったのかというと入院中の講義で、それはなだいなださんなのだ、という話を聞いた。

ついせんじつ、なだいなださんが亡くなった。変わったお名前だが、これはペンネームだ。「なだ」はスペイン語で「なにもない」の意味で英語のナッシング、「い」は英語のアンド、つまり「なにもなく、なにもない」。禅語みたいだな。

じつはこの筆名には大昔から馴染みがある。北杜夫さんの作品は『どくとるマンボウ航海記』以来の愛読者だったのだが、そのマンボウシリーズに北さんの慶應大学病院の医局での後輩として出てくるのがなださんだった。なので精神科のお医者さんであることははやくから知っていたのだが、アルコール中毒が専門だったと知ったのはだいぶたってから。

アルコール症治療の総本山国立久里浜病院のお医者さんだった、そのなださんのところに、役所から依存症治療の必要期間を尋ねてきて三カ月と答えたのでそうなったのだ、と。そういうかたちで、アルコール依存症患者はみなながさんのお世話になっているのだ、と言えるね。

三カ月を大雑把にみると、最初の二週間から一カ月間の患者は、怒っていたりしょげていたりふてくされていたり、感情の行き来がめまぐるしい。だいたいがじぶんで喜んで病院にやってきたわけではないので、現実を納得するのに調整の試行錯誤にいそがしいということだろう。それでも、弱っていた肝臓もすぐに回復して、体力もとりもどすので、それにともなってだんだん明るくふるまうようになってくる。

二カ月目にはいれば、プログラムへの参加態度も積極的になる。病気についてほんとうになにも知らないから、その気になって聞けば授業も目から鱗の連続でおもしろい。体験発表プログラムでも、気分に余裕がでてきて、失敗談などを客観視して披露できるようになる。内容は笑いごとではないものではあるが、聞いている連中もおもいあたることが多いから、力を得られる手応えが感じられる。なんであれうければ嬉しい、というのは上方人ばっかりであるせいかもしれない。別の意味で、こりないねぇ。

おおむね前向きな態度で三カ月目に入っていくが、だんだん元気がなくなってくる患者もいる。退院してからも断酒をつらぬけるか、自信がなくなってくるのだ。地元の有力者について、心配しているひともいた。退院したら挨拶に顔をださないわけにいかないが、そうするとかならず酒を勧められることになるだろうという。

「断ったらええやないですか。事情説明して」

「ううん。ひとの話きかんひとやからなあ。それでじぶんが飲み始めると、『わしの酒が飲めへん言うんか』とからむタイプですねン」

「うわあ、まだおりますか、そういう歴史の遺物」

「反対もありますね。こっちは酒の会社なんですけど、新入社員の歓迎会で二杯目から『ウーロン茶ください、ボク飲みすぎると酔いますんで』とほざいてへっちゃらなやつが出てきたり」

「それもひどいねぇ。どっちも、マナー違反ということなんやろうな。アル中から言われたないやろけど」

聞けば程度に差はあれ、おなじような「盃を断れない社会」はまだあちこちにねづよくあるらしい。こっちも、反省すればそういうことを助長するがわにいたわけだから、罪滅ぼしにたたかうしかないんであろうな、簡単ではないかもしれないけれど。

さいごに、退院セレモニーがある。患者全員、病院スタッフが勢ぞろいして、病棟長の菰地先生が「修了証書」を手渡す。学校の卒業証書と体裁はおなじで、Ａ４の上質紙、紙面の上部に鳳凰が向かいあって長く垂れる尾羽がまわりを囲っている。書かれているのは、こんなぐあい。

「第三四九号

修了証書

○○○○殿

貴下は当院における
三カ月のプログラムの
全課程を修了されました
ここにそれを証明し

今後も断酒に励むように
希望します

平成〇〇年 〇月〇〇日
〇〇県立〇〇病院アルコール専門病棟
スタッフ代表 菰地芳雄

いまひっぱりだしてきて改めて見ると、もらったときには気づかなかったが、末尾が「希望します」で結ばれておるね。あまり見ない言い回しのような、しかしどこかで聞いたことがあるような。よくよく考えてみるとわかった、昭和天皇がお言葉にこういう結びかたをしていた。「国民のみんなが健康であるように、希望します」、あれだね。というありがたいお言葉に送られて、シャバへと復帰していくのであった。

平成十三年二月のことだった。

修了証書

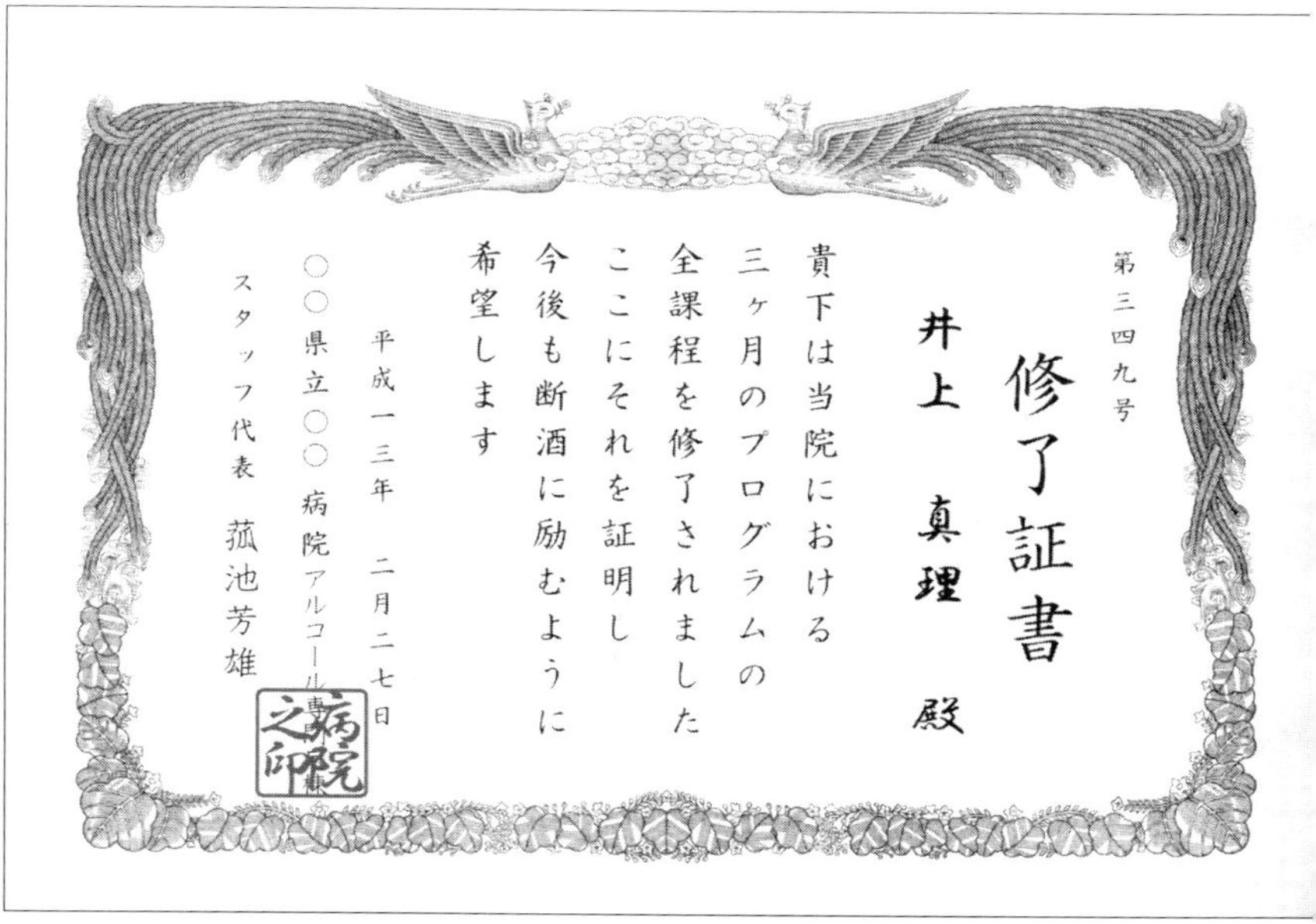
第三四九号

修了証書

井上　真理　殿

貴下は当院における
三ヶ月のプログラムの
全課程を修了されました
ここにそれを証明し
今後も断酒に励むように
希望します

平成一三年　二月二七日

○○県立○○病院アルコール専

スタッフ代表　菰池芳雄

病院之印

そして退院後① 下戸の作法

断酒は完璧に継続している。

退院してから、「殿」とは一月か二月にいちどくらいのペースで会って、手頃な喫茶店で座り込んで話しする。わかっている範囲では、同じ時期の入院仲間で断酒を続けているのはわれわれ二人だけのようだ。ほかはみな飲み始めたかというとそうでもなくて、なんにんか亡くなったひともいる。病院の退院者で作っている会があって、菰地先生が会長をされているが、こういうのはどうも性にあわない。まあなんにしろ全滅でなかったから、めでたしというべきか、とコーヒーで乾杯している。

どちらも、飲まないでいることについては、かくべつ苦労は感じていない。「殿」に尋ねると、うちのなかに酒はあるとのこと。家の人や来客に出すから、置いておくのは当たり前、自分が飲むものではないと心得ているから、そんなことは問題にもならん。とうほうもおなじことで、外を歩いていて酒屋の看板をみたら道を変えるとか、スーパーマーケットで試飲していたら走って逃げるとか、そういうことにはならない。このへんはひとによってずいぶん違うが、AAミーティングでの発言を聞いても、アル中映画などで描かれるように、日に何回か飲酒衝動にとらわれて、ほかのことはぜんぶ放り出して誘惑と闘うというのも、フィクションではなさそうだ。われわれのようなのは、どうやら例外的であるらしいとはわかる。

退院後も、病院とは別のクリニックに定期的にいっている。抗酒剤を処方してもらって近況報告する、ちょうど非行少年の保護観察みたいなものだろう。そういうのは、入院教育のおかげで納得しているから、とくにめげたりするようなものではない。


「どうですか、飲みたくなる状況なんかないですか」

「いや、まるっきり。夢にも見ませんね」

「それはずいぶん意志がつよいですねぇ」

「あ、福井先生、素人みたいなことを。アル中教育でさいしょに教えられたのが、『これは依存症という病気です。つまり、意志や気合や根性ではどうにもならない』治療のスタート地点じゃないですか、これ」

「しつれい、そうですよねえ。じゃあ無理に我慢しているわけではないとして、どう考えますかね」

「うん、これは『美意識』というやつですね。根性より聞こえもええでしょ」

説明すると、大昔に横尾忠則さんの随筆を読んだのが記憶に残っていたのだ。画伯は、若いころに広告代理店に勤めていたのだそうだ。営業の外回りで、事務所への帰りが遅くなった。おなじ職場にいた奥さんが書置きしてあって、近所のバーでみんなと飲みにいっているからおいで、場所は銀座のうんぬん。すぐに合流すると、みなカウンターでおもいおもいにグラスを満たしていた。ところで、横尾さんは下戸の体質らしい、牛乳を頼んだのだが、自分のまえの白い液体を見ながら、みなと楽しそうに話している奥さんの前にあるきれいな色のカクテルを見て涙が出た、と。

天才の心情は常人には測り難いが、銀座のバーで横尾忠則が牛乳の杯を前にカウンターにいるの図はひじょうに印象深くて、ご当人のおもいはよそに、「かっこよろしいなぁ」と思ったのだった。よし、いちどやってやろう、ミルクじゃなくて牛乳ね。

断酒人生になって、いちばんにやってみたかったのがこれで、さっそく行きつけだった銀座のバーに出向いた。

「きょうは、牛乳をおねがいします」

「かしこまりました。どういたしましょう、あたためますか」

「いえ、常温で。氷はいりません」

「承知しました」


一流バーの貫禄はこういうところにあって、牛乳の注文に眉ひとつ動かさない。必要なことだけ尋ねて、磨き上げたおおぶりのグラスに注いで、かるくステアもして出してくれた。周りの客もなにごとかと興味は顔に出ているが、大人ばかりなので詮索がましいことにはならない。こういうあしらいをしてもらえるので、「美意識」と言ってみる甲斐があろうというものであるのだ。さすがにそのまますまさいごまで知らん顔というわけでもなくてそこはよく知ったる仲、こちらが一口つけたあとに、注文のわけについてお尋ねはあったけれどね。

どう説明するかは店によっていろいろ、横尾さんを引き合いに出してみるか、ほかにはむかしの西部劇の話にするか。主人公の保安官がサルーンのカウンターに両掌をばんとおいてバーテンダーにひとこえ「ミルク」、店にたむろしているならず者どもがあざけって「お嬢ちゃん、お酒は飲めませんかぁ」などとはやしたてのにとりあわず、ちびちびと飲み続ける、なんて場面があるね。もちろん乱闘場面や撃ち合いになれば強いのなんの、というお決まりになっている。

本格的バーならかならずカルーアミルクという古典的カクテルを作れる用意があるから、牛乳がないという心配はない。気をつけないといけないのは、昔とおなじ早いピッチだと、店の蓄えが切れることだ。マホガニーのカウンターに白は映えてきれいだから、下戸のひとがバーにいくならぜひお勧めしたいものだ。ウーロン茶なんかよりよほどおしゃれである。

バー以外だともっぱらソーダ、炭酸水にしている。ペリエやサンペレグリーノのような上等の発泡性ミネラルウォーター、アクア・コン・ガスでもいいが、いまは酎ハイをどこでもだすからかならずソーダもある。

これで、ほかのみなさんが飲んでいる場に混じっていても不都合がないが、ひとつだけさいしょ不都合を感じたことがあった、たいしたことでもないけれどね。それは、夏場のビールにとってかわるものが見つからない。むかしまずくて飲めたものでなかったノンアルコールビールはメーカー各社の開発努力で美味くなったとの評判は知っているが、あれはダメだ。もともとアルコール自体の持つ旨味というものがあって、これは原理的にノンアルコールビールには備わっていない。根っからの下戸ならそういうものも味わう余地がないとはいわないが、アルコールの味はよくしっているから、ごまかされない。車の運転など飲んではいけない事情があるから、そういう実際上の必要で飲むものだろう。

ほかにないか試していて見つけたのが、それまで飲まず嫌いでいたジンジャーエール。これが、夏場のビールに匹敵できると発見した。これなら銘柄のちがいもあるし、辛いか甘いか好みをいえる、バーで本格を気取りたければ「モスコーミュール、スミルノフ抜きで」とメンドくさい注文の仕方だって可能だ。うん、これできまり。

そして退院後② アルコホーリックス・アノニマス イン ニューヨーク その一

AA本部に行ってみた。

探偵小説という分野に、私立探偵ものというのがある。そのなかに、主人公の探偵がアル中という設定のものがいくつかある。有名なところでは、カート・キャノン探偵はエド・マクベインが別名義で書いてた作品、探偵ミロはジェイムズ・クラムリー作、いろいろいるなかでお気に入りはニューヨークを舞台に活動するマット・スカダーだ。一九七〇年代後半に登場していま長編は十七作、短編もいくつかある。警官だったころ少女を射殺してしまい辞職していまは免許のない探偵稼業、分類すればセカンダリーの依存症、つまり酒浸りになる原因が酒そのものではないグループだ。小説の主人公ならそうでないと、ただ好きで呑んだくれた挙句の依存症では、文字どおりお話にはならないね、うむ。

連作が開始したころは現役のアル中で飲む場面が出てきたのだが、断酒するようになった。いまのところ続いているようで、感心なことではある。飲みたいという衝動にとらわれると馴染みのアイリッシュ・バーに腰掛けて濃いコーヒーをじっくり口にして、嵐の過ぎるのを待つ。それでは危ないと感じるときは、手帳を繰る。マンハッタンにあるアルコホーリックス・アノニマスのミーティングの場所と開いている時間がのっているのだ。

現実にそうなのだが、マンハッタンのＡＡミーティング場所は、ほとんど地下鉄の駅ごとにあるといっていい。だから、どこにいても十分あればどこか、いまやっている集会場所にたどりつけるのだ。そして参加資格はただひとつ、アル中であることだけ。はじめての場で誰一人知らなくても、ミーティングに加われる。そうしたければ、自己紹介して発言することもできる。このばあいの自己紹介というのは、この会のアルコホーリックス・アノニマスという名のとおり、匿名を名乗ればよい。「ハイ、ボブです。アルコホーリックです」というぐあい。参加メンバーは「ハイ、ボブ」と応える。映画なんかで、見る情景だね。

退院して丸三年経った年、仕事でなんどもアメリカに行く必要があった。スケジュールをやりくりしているうちに、ニューヨークで平日の昼間に空白時間ができた。美術館にでもいくかとありがちなことを考えているうちに、ＡＡミーティングに飛び込みしてもいいな、と思いついた。マンハッタンにいるのでまずスカダーくんの真似をすることも考えたけれど、「まてよ、たしかアルコホーリックス・アノニマスはいまは世界組織で、本部はここにあったはず」と気づいた。これは偵察に行ってみる値打ちがあるだろう。

ＡＡのミーティングでは、いわばバイブルにあたる『ビッグ・ブック』というものがあって、さいしょにその日の世話役が任意のところを開いて一節を朗読する。その内容にまつわる話を参加者が順次話していくというのが、標準的な運営になっている。これは、世界共通の式次第だ。

本の内容は、ＡＡの創始者ビルとボブ、ふたりの思索の言葉が書かれている。これの日本語翻訳があるのだが、いわゆる翻訳調がつよくて据わりがわるいように感じるので、いちど原文を見てみたいものだと「殿」と言い交わしていた。特定の宗教宗派によることはない、と宣言しているが、文中に神という表現がたくさんでてくる。キリスト教社会のアメリカではむしろ自然なことだが、これを日本でどう扱うのかも難物だろう。

それはべつに置いておくにしろ、こなれの悪い日本語が多いのは確かだ。原書をとりあえずは、興味本位というていどに見ておきたいと思っていた。本部にいけば売っているに違いない。

所在地は、電話帳に掲載されているのを見つけた。団体名は「アルコホーリックス・アノニマス・ワールド・サービス」、事務所としては「インターナショナル・ジェネラル・サービス・オフィス」になっている。所番地は、リバーサイド・ドライブ四七五番地。リバーサイド通りというのは、マンハッタン島の西側がハドソン川で、それに沿った南北に走る道路だ、番地から推察するとだいぶ北寄りであるところまではわかる。地図と照らし合わせると、その番地は一一九丁目と一二〇丁目だ。うん、ここならよく知っているあたり、というのはリバーサイド通りのすぐ東にブロードウェイが平行して走っていて、その丁目だとコロンビア大学がある界隈だからだ。ブロードウェイから通りを四つ東に行って北に折れた一二五丁目には「アポロシアター」がある。つまり、ハーレムとして有名な地域だ。

場所がわかったので、さっそく次の日の午前中にいってみた。宿舎は、おなじくブロードウェイでセントラル・パークの西南角、五十九丁目だったので、地下鉄でまっすぐ一本北上するとコロンビア・ユニバーシティ駅。ここで地上に出ると一一六丁目、東に二ブロック、北に三ブロック、すなわち歩いて三分で目的地だった。九月下旬午前十時、秋晴れの空の下、ハドソン川沿いは公園になっていて遊歩道をのんびり散歩している人影がいくつか木立の向こうに見える。

目的の所番地にはばかでかい直方体の灰色の塊があって、その十一階を本部が占めている。うえに上がると、ふつうの会社にあるような受付ブースがあった。そこで名乗ると、「ツアーをご希望ですね」と尋ねられる、「もちろん」。氏名所属などを備えつけの帳面に記入する。

「これは、アノニマスなのかい」

「いいえ、本名を書いてください。ほら、九・一一のあと保安体制が厳しくなってるでしょ」

なるほど、あのテロ事件からまだ三年、空港でも市内の建物の出入でも厳戒態勢がとられていた。この建物に入るときも、武装した保安員のいるゲートを通ってきたのだった。

いま先着客がひとりいて、あとなんにんか揃ったら案内役が来て出発するので、ロビーの椅子で待つようにとのことで、言われたとおりソファに腰掛けた。すると、落ち着く間もなく受付にいたお姉ちゃんがすっ飛んできて、両腕をぐるぐるしながら声をかけてきて、笑顔なので怒っているのではないことは分かったが、なにごとかと思ったら、

「日本からきたんだって、トウキョウからなのか、海越えてはるばる、いつ着いたんだ」

とちょっと興奮している。名乗ったときに、三日前に東京から来たとは自己紹介したのだが、かんぺきな米語だったので外国人だとは思わなかったようである、エヘン。帳面の記入事項をコンピューターに入力していて気づいたということだった。

「さっきトウキョウから飛行機でニューヨークに着いたと言うたやんか。日本人も見学に来るでしょ」

「ノー、ノー、オーノウ。ここに十七年勤めてるけど、はじめてだわ」

これで大歓迎ムードになって、見学にいく部屋部屋で「きょうは日本から来てくれたの」ととくだんに紹介してもらうことになった。

「わたしは勤続二十五年だけど、日本からのひとにあうのははじめてね」

「オレは二十九年いるけどキミがさいしょの日本人だよ」

はいはい、よくわかったよ、日本人がこの世界本部に来たことはなかったのだ。正確には、かなり前にＡＡ世界大会というものがあってそれには日本からも代表団が出席したそうだが、会場は市内の別の場所だったので、本部訪問の日本人は文字どおりはじめてだったということ。

第一号の栄誉は嬉しいが、これは解せんな。アメリカ出張する日本人にもなんにんかはアル中がいて不思議はないし、日本でＡＡメンバーであるひともひとりぐらいいるだろう。せっかくだから本部に挨拶に行こうかとだれも思わなかったかねぇ、ふうむ。

なお、この日の見学者はほかに三人おられて、ボストンの歯科医の初老おとこ、ハリウッドの映画プロデューサーの中年おとこでそれはすごいと言うと「いやいや、弱小のオフィスです」と謙遜しておった、さいごがオハイオからニューヨーク観光にきている専業主婦。むろんみなさんアル中仲間。

そして退院後③　アルコホーリックス・アノニマス イン ニューヨーク　その二

広い事務所のなかでいちばん人員が多いのは、『ビッグ・ブック』の翻訳部門だ。十数カ国語にまで翻訳が進んでいて、いまいちばん頑張っているのはスペイン語の改定作業だということだった。各国の支本部に配布するニューズレターをつくる広報部門などもある。

一時間ほどで見学巡回が終わったところで、この春に極東地域担当に就任した責任者が会いたいので待っているとのこと。オフィスにいくと、イヴォンヌさんが出迎えてくれた。三十代後半のアフリカ系アメリカ人で、ニューヨーカー特有の早口で喋るエネルギッシュなおんなのひと、百七十センチくらいの上背で恰幅もよろしい。直前の八月に担当地域を回って、池袋にある日本本部に行ってきた、東京は体制も活動も整っているので感心したとのことだった。

ちょうど昼にかかるから昼食に行こうということになった。同僚のウォルターさんを誘ってその自動車に乗って出発、おなじくアフリカ系アメリカ人の四十代で、こっちはイヴォンヌさんとは対照的にことばを選んでゆっくりと喋るひとだ。

連れて行ってもらったのは、ハーレムどまんなかにある「シルヴィアズ・レストラン」、南部からやってきたシルヴィアさんが一九六二年にこの場所で店を開いて、ずっと同じ場所でやっているという。小さな店からはじめたが、じゅんちょうに流行って、拡張をしてきたのでかなり大きな店になっている。ふたりともここでは常連ということで、迎えに出てきたシルヴィアさんと親しく挨拶を交わしている。ここは、アフリカ系アメリカ人ならみな間違いなく知っている有名店で、来店者名簿をつくればそのままアメリカの「アフリカ系アメリカ人『フーズフー』」ができあがるはずだ。シルヴィアさんが、「誰でもいいから知っている名前を言ってごらん」ときいてくる。ミュージシャンやエンターテイナーは、アポロシアターが近所にあるから除外。「コリン・パウエル将軍」と言うと、チカッとウインクして、自筆署名入りの写真を見せてくれた。まあ、とうぜんだろうけれどおそれいった。

訪問は十年前のことで、ハーレム地区の治安も良くなっていたが、まだ土地鑑のない外国人観光客がひとりで行くのはやめておけといわれる地域だったので、地元のひとに案内してもらえたのは光栄な体験だった。日本からはるばるやってきた甲斐はじゅうぶんあったことになるね。料理はソウル・フード、これはがんらいは南部の黒人料理。名称だけよおくお馴染みだが、そういえば実物がこれというのにお目にかかるのははじめて。

「ソウル・フードってのは、豆に肉を煮込んだようなんですか」
「いや、鶏の唐揚げとか、ふつうの田舎料理だよ。豆ってのはしらんねえ」

ああそうか、メキシコ系料理のチリ・コン・カーンと混同していたみたいだ、しっけい。言われるとおりふつうの田舎料理、アメリカで多く食事したことがあれば、ここでは見たことも聞いたこともない材料にはお目にかからない、いくぶん濃い味つけでややスパイシーかというものだった。

はなしはちょっともどるが、アメリカでアル中同士が会うと、初対面の挨拶は米語で、「ハウ・アー・ユウ」のかわりに「ハウ・ロング・ハヴ・ユウ・ビン・ソウバー」と言う。意味は、「素面になってどのくらいかい」。なのでおのおの、「まだ三日」とか「やっと三年」とか「そろそろ三十年にたどりつくところさ」、などと返事するわけだ。

いくら長く断酒していてもその長短にかかわらず一口飲めばあっというまに逆戻りだから、期間が長いことじたいは自慢することではないことになっているけれど、やはり十年二十年と長期間素面だと言うと感心はしてもらえる。また、短ければ「これからだね」と励まし合うことになる。あと、最初の一年が難しいのはアメリカでも同じようで、「三年をこえた」くらいの返事だと「それはがんばったねぇ」と言ってもらえるのだ。

イヴォンヌさんはマンハッタン対岸のブルックリン出身で、大学はおなじ州内北部のバッファローにいって、そこで依存症に陥ったという。学校はなんとか修了したがニューヨークに戻ってきてからだんだん悪化して、友人と家族の助けでリハビリテーション施設に入院して立ち直ったのが十一年前だったとか。ウォルターさんはニューヨークに働きにきてアル中人生、おなじく十年ほど前にＡＡにであって更生できたという。ふたりとも、ＡＡで働けるようになったのはラッキーだと笑っていた。

本部には三百人をはるかに超えるスタッフがいるが、依存症患者だったのはおそらく半分くらいだろうという。また、人種の構成はマイノリティも多くて、たぶんアメリカ全体の構成比と変わらないだろうということだった。

この年はアメリカ大統領選挙の年で、十一月の投票にむけて終盤にさしかかっていた。共和党候補は二期目をめざすジョージ・Ｗ・ブッシュ、息子のほう、民主党はジョン・Ｆ・ケリー上院議員だった。ケリー氏は、マサチューセッツ選出、カトリックで頭文字はＪＦＫ、故ケネディ大統領とまるでいっしょだが、そういう話題は出ていなかったのは不思議だった。日本と違ってアメリカでは、ケネディ批判もある程度あるので、選挙には得策ではないということだったのかな。
　大統領選挙の行方が話題になったが、イヴォンヌさんもウォルターさんも民主党支持者なので、接戦の末ケリー候補の勝ちだろう、とあまり議論にはならなかったので、将来の展望を訊いてみた。

「今回は両方とも白人でおとこの候補だけれど、おんなやマイノリティ出身の大統領はいつ登場するでしょうかね」
「おんなのほうは二十年前に民主党の副大統領候補がいたけど、そのあとが続かないわねぇ」
「ヒラリーが大統領候補に手が届くところにまではきていると思うけど、まだ選挙に勝てる候補だとはいえないんじゃないかい」
「アフリカ系アメリカ人になると、二大政党では予備選にも届く政治家は見当たらないわね」
「ううむ、こっちはおんなの大統領より難しいだろうね」

ということで、十五年前の当時、アフリカ系アメリカ人男女の見解では、アメリカ大統領におんなが就任するのははやくて十年以内、アフリカ系アメリカ人になると二十年はむりだとの見通しであった。

まさかその次の選挙で初のアフリカ系アメリカ人大統領が現れるとは、夢にも思えなかった。そういう意味では、アメリカ社会のダイナミズムはたいしたものであると感心のほかはない。

「アル中の大統領は、いまのブッシュが依存症リハビリテーションをしたと公表してますよね」

「うん、まあＡＡ社会にとっては喜ばしいことだ、といっておこうかねえ。ううむむ」

と、あまり歯切れは良くないのであった。うへ。

本部にもどると地元サービス担当者がやってきて、「いまからこの地区のＡＡミーティングがはじまるけれど、これに出ていくかい」とききにきた。ここでやるからといって特別な集会ではなく、ご近所対象の週一回の定例会がここの会議室であるのだという。知らずに来たのについているとしかいいようがない、ふたつ返事だ。「イエスイエス、出ます出ます、よろしく」

出席者は四十人ほどで、ミーティングの決まりどおり会議机を口の字に囲むように配置している。順次手を挙げてじぶんのアルコール体験を披露するかたちで進行するのはどこでもおなじ。ミーティング時間の終わりに近くなって、ここでもまた「きょうはトゥキョウから参加してくれました」と紹介してもらった。

「ハイ、満場のあわれなニューヨーカーのアル中諸君」

と開口一番挨拶したらたいへん受けた。

じつはこれは元ネタがある。口の悪い芸で知られていた九代目鈴々舎馬風師匠が刑務所に慰問にいったおり、「満場の悪漢諸君」とやって喝采をあびたという逸話があるのだ。これをちょいと拝借した次第。あとは日本のアルコール病棟に入院してきたことなどを紹介して、最後は「こうしてニューヨークでもどこにいっても仲間に会えることで断酒を一日ずつ積み重ねていくことができる。ＡＡのおかげだ」と優等生発言で締めくくってまた拍手を頂戴したが、これは本音でもあったのである。

訪問目的のひとつ、『ビッグ・ブック』を買おうとしたら、「わざわざ来たんだから差し上げる」と、貰ってしまった。かたじけない。

あとがきに変えて　入院のすすめ

予想外だった。

ずいぶんご無沙汰していた心療内科クリニックの門を叩くにあたっては、それなりの覚悟はあったのだがねぇ。それなりの覚悟というわけは、アルコール依存性とは別名「否認の病」というように、当人が病気を認めないのが典型なのだ。このあたりはいささかフクザツであって、いっさい心あたりがないかというと、そうでもない。飲めや歌えの日々をおくってここ ろ晴れればれ一点の曇りもないかというと、アル中ともなるとそうは問屋が卸さないのだ。

なにしろ、飲み始めたら止まらない。おおぜいでそとに飲みに出たら最後つぎの一軒もう一軒となって、しまいに「付き合いきれないよ」と放り出される。うちでは買い置きしてあるぶんを飲み尽くして、もうなかったか探し回る。そのうち家の中から酒を無くしてしまわれる事態になって、「あと一本、ないわけがないだろう」と家人と諍いをくりひろげる。こうなると、酒への執着が度を過ごしていることは、みなうすうすは感づいている。だからこそそれをはたから指摘されたときに、「自分は違う」と力んでしまうゆえの「否認」なのだ。

クリニックを再訪したときにはその点はすでに観念していて、依存症であるとの診断結果には不服はなかった。でもなんとなくの見込みでは、そのクリニックに通院することになって、薬を処方してもらったり生活指導を受けたりグループワークに参加したりすることになるのかと考えていたが、甘かったね。いきなり有無をいわせぬ入院宣告。うわ。

とうしょは、そんなに重病だったのかと悄気なくはなかったが、その後わかったところでは、アル中に重いも軽いもないものなのだ。飲み続けた報いで末期の肝硬変にでもおちいっていれば命に関わる状態という意味では重篤なのだけれど、元凶であるアルコール依存症に肝硬変をまねくものとそうでないものという種類の違いはない。癌のように良性悪性などとはいわず、こっちのばあいはただみな平等に「アル中」ね。

結論から言うと、いきなり入院という判断をして、つべこべ言う間もなく手配してくれた鄭先生におおいに感謝しているのだ。退院後ぶじ飲まずに十九年目に入ったが、素面生活を続けられている理由を訊かれ考えてみると、いっとうよかったことを考えてみると、いのいちばんに「入院」を挙げるべきだと思っている。不謹慎に聞こえかねぬけれど、楽しい体験だったのだ。

出自経歴がこれほど雑多な面めんがひとところに集まっていることは滅多にない、それが

「アル中」という同族意識の気安さからみずからをさらけ出す。そのそれぞれがへたな小説なんぞより、よっぽどおもしろい。好奇心が発動してとどまることなく、あっという間の三カ月だった。

アルコール依存症は世に二百五十万人、いやもっと多いとも言われていて、そのうち専門病院に入院するのは一パーセントに満たないとは、言わせてもらえればこれはじつに宝のもちぐされではないか。健康保険だってちゃんと適用されるのだ。

騙されたと思っていちど、とは常套句。じっさい文字どおりダマされて放り込まれちゃったかたも少なくはないが、そういう連中も楽しそうにわが身を語って夜をふかしていた。せっかくアルコール依存症になってしまったのだ、この機会をいかさぬ手はない。

入院しないのはもったいないぞ、アル中諸君。

令和元年七月

登場人物

病院医療班

病棟長♂：菰地芳雄、心療内科（48）
副責任医師♂：山内和彦、内科（36）
看護長♂：倉田権太（47）
看護師♂：菊池三郎（54）
看護師♀：西野梨香（24）
看護師♀：久保田美優雨（28）
看護師♀：粟根舞（33）
看護師♀：斎藤祐子（42）
薬剤師♂：蔦健三（46）
管理栄養士♀：菊山典子（39）

病院患者群

同室♂：瀬々源太、「殿」（65）

同室♂：太田則夫、農家（56）
同室♂：田中忠男、硝子職工（58）
♂：藤原秀昭、ホテル副社長（55）
♂：高橋憲次、チェロ演奏家（43）
♂：蔵元昇、元板前（58）
♂：能登猛、「ケンちゃん」（50）
♂：立花吾朗、香具師（37）
♂：安田明、じいさま（71）
♂：手塚翔太、大工（28）
♀：布引かほり、専業主婦（20）
♀：富士玲子、大学院生、『マッターホルン』（25）
♀：江部弘江、姫路でスナック経営（46）
♀：宮原留、ご隠居（74）
♀：竹田恵子、垂水の主婦（50）

院外関係者

鄭診療所♂：鄭清源、心療内科、院長（47）
若紫クリニック♀：若紫百合、心療内科、院長（43）
文京診療所♂：福井一雄、心療内科、院長（52）
断酒会♂：田邊権造、会長（67）
断酒会♂：櫻井士郎、幹部（63）
断酒会♀：櫻井常代、士郎の妻（58）
AA♂：ヨシヒコ、世話役（30）
AA♂：ツヨシ、参加者（43）
AA♀：アリサ、参加者（38）
AA世界本部♀：Yvonne Gray（38）
International - General Service Office
Alcoholics Anonymous World Service, Inc.
AA世界本部♂：Walter Stanford（42）
Regional Forums - General Service Office,
Alcoholics Anonymous World Service, Inc.

アルコール症の映画

■失われた週末　アメリカ　１９４５

出演レイ・ミランド、ジェーン・ワイマンほか、監督ビリー・ワイルダー。

おそらく、アルコール依存症を主題に取り上げた最初の映画。それまではアルコール問題は社会のタブーだったのだ。

■酒とバラの日々　アメリカ　１９６２

出演ジャック・レモン、リー・レミックほか、監督ブレイク・エドワーズ。

俳優も監督もコメディの達人が、いがいにもアル中作品を作った。夫を助けようとした妻も酒に逃避して、夫婦が酒魔にとらえられてしまう。

■リービング・ラスヴェガス　アメリカ　１９９５

出演ニコラス・ケイジ、エリザベス・シューほか、監督マイク・フィッギス。

同名の自伝小説の映画化で、原作者で依存症のジョン・オブライエンは映画完成を見ずに自殺した。

■バーフライ　アメリカ　１９８７

出演ミッキー・ローク、フェイ・ダナウェイ、監督バーベット・シュローダー。アル中詩人チャールズ・ブコウスキーが脚本を書いた、自伝的要素のある作品。

■男が女を愛する時　アメリカ１９９４

出演メグ・ライアン、アンディ・ガルシアほか、監督ルイス・マンドーキ。

主人公はおとこだけではない、おんなの依存症映画もある。主婦がアル中になる。

■28DAYS　アメリカ２０００

出演サンドラ・ブロックほか、監督ベティ・トーマス。

おんなのジャーナリストが主人公、キャリアウーマンもアル中になる。題名の二十八日間とは依存症更生施設の入所期間、三カ月じゃないのね。

■ラウンド・ミッドナイト　アメリカ１９８６

出演デクスター・ゴードン、フランソワ・クリュゼほか、監督ベルトラン・タベルニエ。

こういうことには、ジャズ・ミュージシャンははずせない。ロックはドラッグ、ジャズはアルコール。五十年代パリのジャズシーン、アルコールで入退院くりかえすテナーサックス奏者を本物ジャズマンのデクスターが演じている。

■バード　アメリカ１９８８

出演フォレスト・ウィテカー、ダイアン・ベノラほか、監督クリント・イーストウッド。バードこと天才アルトサックス奏者チャーリー・パーカーを描いた評伝映画。クスリと酒で早逝、享年三十四。

■スリ　日本２０００

出演原田芳雄、石橋蓮司ほか、監督 黒木和雄。

伝説のスリがいまはアル中、弟子志願があらわれて現役復帰をめざす。

■ばかもの　日本２０１０

出演 成宮寛貴、内田有紀ほか、監督金子修介。

芥川賞作家絲山秋子原作、成宮くん演じるヒデが酒で身を持ち崩す。

■酔いがさめたら、うちに帰ろう　日本２０１０

出演 浅野忠信、永作博美ほか、監督 東陽一。

■毎日かあさん　日本２０１１

出演 小泉今日子、永瀬正敏、監督 小林聖太郎。

漫画家西原理恵子さんのつれあいで戦場写真家の鴨志田くんがアル中だった。最期は癌で亡くなるが、その直前ついに依存症を克服、享年四十二。

井上眞理
兵庫県生まれ。高校時代にAFS奨学金でアメリカシアトルに1年間留学、卒業。京都大学法学部を卒業ののち国内洋酒飲料メーカーに勤務。在職中にアメリカシカゴのノースウエスタン大学経営大学院に2年間社命留学、学位取得。定年退職ののち、浅草吉原に居住。

明るい入院

2019年8月26日　　初版第1刷発行
定価はカヴァーに表示してあります
著　者　井上　眞理
発行者　門　謙二郎（Planning Gate）
発売元　株式会社ナカニシヤ出版
〒606-8161 京都市左京区一乗寺木ノ本町15番地
Telephone 075-723-0111
Facsimile 075-723-0095
Website http://www.nakanishiya.co.jp/
Email iihon-ippai@nakanishiya.co.jp
郵便振替　01030-0-13128
カバーデザイン＝タテヨコデザイン
編集＝門　謙二郎
印刷・製本＝銀河書籍・(有)ニシダ印刷製本

Printed in Japan　ISBN 978-4-7795-1401-2　C0036